Lahrer Chrysanthemen

Über den Autor:

1959 in Ulmbach im rumänischen Banat geboren, ist Peter Winter bekennender Banater Schwabe. Er hat in Freiburg und Würzburg Philosophie, Politische Wissenschaften und Pädagogik studiert. Dem Magister-Abschluss folgte eine Ausbildung für den gehobenen Verwaltungsdienst, die er als Diplom-Verwaltungswirt (FH) abschloss. Im Anschluss daran absolvierte er ein Volontariat und arbeitete mehrere Jahre als Lokaljournalist. Es folgten eine Ausbildung zum Mediengestalter und eine zehnjährige Tätigkeit in einer Werbeagentur. Winter, seit vielen Jahren mit einer Diplom-Heilpädagogin verheiratet und Vater dreier Kinder, ist heute freiberuflich als Dozent und Publizist tätig.

Peter Winter

Lahrer Chrysanthemen

Blumengeschichten

Bibliografische Information der Deutschen Nationalbibliothek: Die Deutsche Nationalbibliothek verzeichnet diese Publikation in der Deutschen Nationalbibliografie; detaillierte bibliografische Daten sind im Internet über dnb.dnb.de abrufbar.

Herstellung und Verlag: BoD – Books on Demand, Norderstedt
Titelfoto: © Kristina Skoreva, Unplash
Printed in Germany

ISBN: 978-3757863401

Inhaltsverzeichnis

Vorrede

Allenthalben werde ich von alteingesessenen Lahrer Bürgern und Menschen aus dem Umfeld der Stadt auf die hier im Büchlein erzählten Geschichten angesprochen. Während sich die einen wundern, von diesen Geschehnissen noch nichts gehört zu haben, machen mir die anderen gestrenge Vorhaltungen: Diese Jahreszahl ist falsch, jener Name nicht richtig geschrieben und manche Geschichte habe sich an einem völlig anderen Orte abgespielt.

Nun denn, mit diesen Erzählungen verhält es sich wie mit fast allen Geschichten, die halb wahr und halb erfunden sind und die wir nur vom Hörensagen kennen: Wer könnte nach all den vielen Jahren noch zuverlässig wissen, was sich damals wirklich ereignet hat? Die meisten Personen, von denen ich hier erzähle, sind seit vielen Jahren tot, die Häuser und Plätze ihrer Geschichten abgerissen oder so umgebaut, dass sie kaum noch wiedererkannt werden können.

Zu jener Zeit lebten andere Menschen in einer anderen Welt – ohne Internet und Fernseher, ohne den Medienlärm und die Bilderflut, die uns heute die Erinnerung raubt.

Es waren Zeiten, in denen man noch die Muße fand, sich mit Nachbarn und Freunden zu treffen, um sich in aller Ruhe Geschichten zu erzählen. Deshalb möchte ich zu meiner Verteidigung auf die dichterische Freiheit verweisen: Was ich hier aufgeschrieben habe, ist keine Lahrer Stadtgeschichte. Es sind Lahrer Stadtgeschichten als unterhaltsame Erinnerungen an eine längst untergegangene Welt.

Die blaue Chrysantheme

Nach dem Ersten Weltkrieg lebte in Dinglingen ein Mann mit seiner Frau und seinen fünf Kindern. Die Familie bewohnte ein geducktes, ärmliches Haus, hinter dem sich ein schmaler Garten bis hinunter zur Schutter erstreckte.

„Was für ein feiner Kerl, unser Herr Kaiser", pflegte der Mann im Wirtshaus zu lamentieren, „hat mich ganz schön übers Ohr gehauen, unser Herr Kaiser. Bin mit zwei gesunden Beinen in den Krieg gezogen und einem zerlumpten Soldatenmantel wieder heimgekehrt. Und einem Holzbein. Mein linkes Bein hab' ich also gegen Mantel und Holzbein eingetauscht. Sapperlot, Ihre allergnädigste Majestät verstehen sich aufs Tauschen!"

Vielleicht waren solche und ähnliche Sprüche der Grund dafür, dass ihn seine Saufkumpane den „Roten Dieter" nannten und ihm im Suff an den Kopf warfen, ein hundsföttischer, vaterlandsloser Sozialist zu sein. Jedenfalls wanderte der größte Teil seiner kümmerlichen Invalidenrente und nicht wenig von dem, was er darüber hinaus als Korbmacher erwerben konnte, über den Tresen des „Hirschen" am Hirschplatz, wo sich klimpernde Münze im Nu in roten Wein verwandeln ließ.

Weil sie mit dem bescheidenen Rest des Familieneinkommens ihre Kinder kaum sattbekommen konnte, züchtete die arme Frau des Kriegshelden Hühner, Enten und Kaninchen und bewirtschaftete darüber hinaus noch den Garten hinter dem Haus. So schaffte es die fleißige Mutter nicht nur, die verfressenen Mäuler der Familie zu stopfen, sondern darüber hinaus durch den Verkauf von Kleinvieh, Eiern und Gemüse auf dem Lahrer Wochenmarkt noch einen Notgroschen für schlechte Tage anzusparen. Um auch im Herbst, wenn es im Garten keine Gurken, Karotten oder Erbsen zu ernten gab, auf dem Markt noch etwas feilbieten zu können, hatte die kluge Frau in einer Ecke des Gartens ein stattliches Beet mit Chrysanthemen bepflanzt, die nun in blässlichem Weiß in der Herbstsonne prächtig leuchteten.

In der frostigen Morgendämmerung des Samstags vor Martini hatte die Frau einen üppigen Strauß dieser weißen Chrysanthemen geschnitten und in einen halb mit Wasser gefüllten Blecheimer gestellt. Damit sie die beschwerliche Fahrt zum Marktplatz unbeschadet überstehen, hatte die

Frau die empfindlichen Blüten in Zeitungspapier eingeschlagen. Den Eimer mit den Blumen, drei rot goldene Kürbisse und einen Henkelkorb mit blank geputzten Äpfeln verstaute sie auf ihrem klapprigen Handwagen und deckte ihre kostbare Ware zum Schluss mit einem groben Leinensack ab.

Sie wollte gerade losfahren, als im Haus lautes Geschrei und wütendes Gezanke losbrach. Zornig ließ sie ihr Wägelchen stehen, um mit einer vorsorglich für diesen Zweck geschnittenen Haselgerte im Haus für Ruhe zu sorgen.

Just in diesem Augenblick kam ein Nachbarjunge vorbei, der auf dem Weg zur Schule war. Mit wenig Lust auf lehrreichen Unterricht, dafür aber umso mehr Freude an bösen Streichen, erkannte der kleine Tunichtgut die Gelegenheit: Blitzschnell schlug er den Sack zurück, stopfte sich zwei Äpfel in die Hosentaschen und schüttete einen kräftigen Schuss Tinte in den Chrysanthemeneimer. Ratsch, die Abdeckung wieder zurückgezogen, damit sein Streich nicht vorzeitig entdeckt werde und hurtig weiter zur Schule. Wie würden seine Freunde in der Schule loslachen, wenn er seine Heldentat zum Besten geben würde. Indes hatte die wackere Frau mit mahnenden

Worten, biegsamem Stock und kräftigen Ohrfeigen den häuslichen Frieden wiederhergestellt. Verärgert über die Verzögerung, schnappte sie sich ihren Wagen und hastete mit der rumpelnden Karre zum Markt. Der von der Morgensonne in sanftes Rot getauchte Weg, die fröhlich zwitschernden Spatzen und die Vorfreude auf den einen oder anderen Schwatz mit den anderen Marktfrauen ließen ihren Ärger recht bald verfliegen.

Auf dem Markt angekommen, baute sie mit zwei klappbaren Holzböcken und drei breiten Brettern flink ihren Marktstand auf. Anschließend bereitete sie ihre Waren so ansprechend darauf aus, dass jedermann Lust aufs Kaufen bekommen musste. Während sie die Chrysanthemen geschickt so im Eimer verteilte, dass jede einzelne von ihnen ihren stolzen Blütenkopf majestätisch präsentierte, war ihr, als ob die weißen Blütenblätter heute von einem bläulichen Schimmer überzogen wären.

„Wenn erst die Sonne scheint, werden sie bald wieder in ihrem gewohnten Weiß strahlen", dachte sie bei sich und huschte die drei Schritte zur Honigfrau am Nachbarstand, um die zu begrüßen. Und natürlich auch, um den neuesten

Tratsch aus dem Nachbarörtchen Sulz zu erfahren. Die Marktweiber kannten sich untereinander seit vielen Jahren. Noch ehe die feinen Damen aus ihren großbürgerlichen Villen auf dem Markt erschienen, kannte jedes Marktweib all jene pikanten Neuigkeiten aus Lahr und den umliegenden Dörfern, über die die Zeitung nicht zu schreiben wagte.

Es mag wohl eine gute Stunde vergangen sein, bis die gute Frau ihre Schwatzrunde beendet hatte und wieder an den eigenen Stand zurückkehrte. „Oh, Gott! Was ist denn das?" Vor Schreck sprachlos, stand sie mit aufgerissenen Augen über ihren Blumeneimer gebeugt und konnte nicht begreifen, was sie da sah: blaue Chrysanthemen. Stängel und Blätter rankten in sattem Violett, die Blütenköpfe aber prangten in schönstem Kobaltblau. Schnell rief sie nach der Honigfrau, die sofort herbeigerannt kam, den so blaue Chrysanthemen hatte auch sie noch keine gesehen.

Die Kunde von den wundersamen Blumen machte schnell die Runde. Die Käsefrau kam, staunte und ging kopfschüttelnd an ihren Stand zurück. Ebenso die Eierfrau, die Kräuterfrau und all die anderen Marktfrauen. Was war das für ein Getuschel und Geschnatter! Jede präsentierte eine andere Erklärung für dieses pflanzliche Wunder. Während die Marmeladenfrau vom Langenhard die Blumen am liebsten sofort verbrannt hätte: „Dieses Teufelszeug bringt bestimmt Unglück!", bot die Kartoffelfrau aus Schuttern an, die wundersamen Blumen persönlich und mit aller erforderlicher Ehrerbietung in der Klosterkirche vor dem Altar abzulegen – das bringe sicherlich Gottes Segen!

Sosehr ihr dieser Vorschlag im ersten Augenblick auch gefiel, die Blumenbesitzerin musste ihm dennoch eine Absage erteilen: Von Gottes Segen allein werde man nicht satt, Brot und Milch wollten bezahlt sein. Das Mirakel der blauen Chrysanthemen sprach sich auch unter den Marktbesuchern herum. Alle strömten zum Stand, um dieses sonderbare Naturwunder zu bestaunen. Es wurde gelacht und geschimpft, gemahnt und aufgeregt durcheinander gequatscht. Nur gekauft wurde nichts.

Darüber war es spät geworden. Die Käufer wurden spärlicher, die ersten Marktfrauen begannen bereits damit, ihre Stände abzubauen, der Markttag neigte sich seinem Ende zu. Verzweifelt und mit den Tränen kämpfend, war auch die Chrysanthemenfrau im Begriff, ihren Stand abzubauen, als die Frau eines wohlhabenden Zigarren-Fabrikanten mit ihrer Dienstmagd an den Stand trat und die blauen Chrysanthemen neugierig musterte. „Die sehen ja putzig aus, Sofie", kicherte sie mit ihrer Magd, „die passen bestimmt wie gemalt zu meinem atlasblauen Kleid für die Soiree heute Abend." Sofort bot sie der verdutzten Marktfrau einen so hohen Preis für die Blumen, dass diese ihr Äpfel und Kürbisse gerne noch als Dreingabe dazu gab. Zudem erbot sie sich eilfertig, dass Gekaufte mit ihrem Handwagen zum Haus der Dame zu fahren. Verspätet, aber glücklich über den unerwarteten Geldsegen kehrte die gute Frau schließlich nach Hause zurück.

Auch wenn die Leute noch lange Zeit über die wundersamen blauen Chrysanthemen rätselten – auf dem Lahrer Markt wurden sie seitdem nie wieder feilgeboten.

Die gelbe Chrysantheme

Vor noch gar nicht so langer Zeit lebte im schönen Schwarzwaldstädtchen Offenburg eine Frau. Die Frau arbeitete in der Redaktion einer bekannten Modezeitschrift eines noch bekannteren großen Verlags als Chefredakteurin. Wie es bereits ihre Berufsbezeichnung ahnen lässt, war diese Frau – nennen wir sie Magdalena Neubarth – eine sehr moderne Frau: eine Business-Frau.

Wie alle wichtigen Business-Frauen ihrer Redaktion, war Frau Neubarth sehr darum bemüht, auch wie eine wirklich wichtige Business-Frau zu wirken. Also aß sie jeden Tag nur einen teuren Bio-Salatkopf, den sie sich mit ihrem weißen Wellensittich brüderlich teilte. Sie trank nur teures Gletscherwasser mit echten Blattgoldstückchen, die anschließend in der Toilettenschüssel lustig glitzerten. Außerdem trug sie maßgeschneiderte Designer-Kostüme mit auffälligem Logo, damit auch alle Nicht-Modefrauen erkennen konnten, dass sie sich teure Designer-Mode leisten konnte.

Und wenn die anderen Mitarbeiter Frau Neubarth in ihrem teuren perlmuttweißen Sport-Cabriolet vors Redaktionsgebäude vorfahren sahen, wussten alle, dass hier eine erfolgreiche Business-Frau ihr wichtiges Manager-Tagwerk aufzunehmen gedenke. Insgeheim beneideten die meisten von ihnen die Frau Neubarth ungemein.

Frau Neubarth wohnte in einer riesigen Wohnung in einer schneeweißen teuren Altbauvilla, die sie sich sehr modern eingerichtet hatte. Modern heißt: Die Wohnung war praktisch leer. Im Wohnzimmer gab es nur vier weiße Wände und eine sehr exquisite weiße Designer-Ziegenleder-Couch in Form eines Termitenhügels, auf der man kaum sitzen, geschweige denn liegen konnte. Das restliche Mobiliar bestand aus einer gläsernen Vitrine, in der eine einzelne weiße Vase aus bemaltem Blech stand – natürlich ebenfalls ein teures Designerstück – und einem teuren weißen Designer-Stuhl, in dem man sich hineinknien musste. Das tat Frau Neubarth jedoch selten, weil ihr beim Knien immer die Füße einschliefen.

Ihre teure weiße Designer-Küche sah wie neu aus – was sie praktisch ja auch war, da man Salat bekanntlich nicht kochen muss. Das Einzige, was Frau Neubarth regelmäßig kochte, war Kaffee. Dafür hatte sie sich einen teuren, weißen Designer-Kaffeeautomaten zugelegt. Selbstverständlich waren auch in Badezimmer und Schlafzimmer nur teure weiße Designer-Möbel zu finden. Daher befiel die seltenen Besucher von Frau Neubarth das seltsame Gefühl, in den Palast der Schneekönigin geraten zu sein und trachteten danach, dieser kalten weißen Designer-Pracht möglichst schnell wieder zu entkommen.

Insgeheim trachtete Frau Neubarth dasselbe, sie fühlte sich in ihrer teuren weißen Wohnung nicht wohl. Vielleicht lag das nicht nur an der Wohnung, sondern auch daran, dass Frau Neubarth eine unglückliche Frau war. Sie war unglücklich, weil sie die anderen Prosecco-Puten in der Redaktion trotz täglichem Bussi-Bussi-Gehabe nicht ausstehen konnte. Sie war unglücklich, weil sie ahnte, dass ihre Arbeit so oberflächlich wie unnütz war und ihr außer viel Geld nur das Gefühl sinnloser Leere einbrachte. Und sie war unglücklich, weil sie keinen Mann hatte.

Natürlich hätte sie Letzteres niemals zugegeben. Doch wenn sie am Morgen aus dem Fenster blickte und ihre Nachbarn sah, die sich küssend und lachend verabschiedeten, war sie auf dieses Glück so neidisch, dass sie ihre Assistenten und Mitarbeiter den ganzen Tag über mit ihrer üblen Laune piesackte.

Am schlimmsten war dieser Neid am Wochenende. Während Herr und Frau Nachbar händchenhaltend vom samstäglichen Einkauf zurückkamen und sich auf ihr üppiges Mittagessen freuten, saß Frau Neubarth mit Neid und Wellensittich allein in der Wohnung und ekelte sich vor dem all mittäglichen Salatkopf.

Weil Frau Neubarth an einem dieser Samstage ihren Salat und ihren Neid mit einer ganzen Flasche Prosecco heruntergespült hatte, verfiel sie auf den Gedanken, ihr Unglück zu beenden: Sie wollte sich einen Mann suchen. Natürlich konnte sie weder bei der Nachbarin klingeln und diese um ihren Mann bitten, noch in der Kneipe an der Ecke nach einem passenden männlichen Pendant suchen. Schließlich sollte der Auserwählte zum Wohnzimmer passen, daher kam nur ein ganz exquisites Exemplar der Gattung in Frage.

So kam es, dass sich Frau Neubarth ehe sie sich's versah auf der Angebotsseite eines sündhaft teuren Partnerschafts-Portals als „Herzblatt73" im Internet wiederfand. Eine kleinere Zahl war leider nicht mehr möglich, die kleineren Zahlen waren bereits alle vergeben. Der Deckname „Herzblatt" war bei den Damen offensichtlich viel begehrter als „Pummelchen" oder „Wollsöckchen" - die beiden Namen waren schon ab der Sieben zu haben.

Dass bereits Minuten später die ersten männlichen Anfragen eintrudelten, hing möglicherweise damit zusammen, dass Frau Neubarth beim Ausfüllen ihres Beschreibungsbogens das betrieben hatte, was die Franzosen schmeichelhaft als „corriger de la fortune" bezeichnen: In Wahrheit hatte sie die Wahrheit eher flüchtig gestreift. So hatte sich das 56-jährige „Herzblatt73" im Portal als „jugendliche Enddreißigerin" ausgegeben. Oder die kümmerlichen Sprachfetzen aus Schule und Urlaub im Handumdrehen zu „fließenden" Spanisch- und Italienisch-Kenntnissen aufgepeppt. Und weil ihre kaufmännische Ausbildung im Vergleich mit den anderen Portaldamen eher mickrig wirkte, verpasste sie sich ein betriebswirtschaftliches Diplom und ernannte sich zur Geschäftsführerin einer eigenen Marketingagentur.

Dass sie, die schon seit Jahrzehnten keinen schnellen Schritt mehr getan hatte, jetzt den Marathonlauf als ihren Lieblingssport ausgab, fiel da vermutlich weniger ins Gewicht. Bemerkenswert indes war „Herzblatt73" gänzlich neu erwachte Hinwendung zu klassischer Musik und modernem Tanztheater. Schließlich war bislang noch niemandem in ihrem näheren Umfeld aufgefallen, dass Frau Neubarth einen ausgeprägten Hang zu philosophischen Gesprächen habe – etwas, auf das sie bei ihrer „Herzblatt73"-Beschreibung gleich mehrfach hingewiesen hatte.

Die Begehrlichkeiten der meisten „Herzblatt 73"-Anfragen waren indes berechenbar. Berechenbar deshalb, weil sie sich eindeutig an Zahlen festmachen ließen. Ging es der überwiegenden Mehrheit der Galane – zahlentechnisch betrachtet – weniger um IQ als um Körbchengröße, hatten andere Herren die Suche nach einem „Schatz" eher geldwertig gedeutet. Und so blieben aus der vielköpfigen Männerschar letztlich nur noch zwei übrig. Weil der eine jedoch in Hamburg, der andere aber in einer Kleinstadt nördlich von Freiburg wohnte, beschloss Frau Neubarth, „Hermes19" anzuschreiben.

Im Laufe der nächsten Tage entwickelte sich zwischen „Herzblatt73" und „Hermes19" ein liebenswürdiger, ja inniger elektronischer Briefwechsel. Man überbot sich gegenseitig mit Freundlichkeiten, entdeckte täglich neuen seelischen Gleichklang und dankte wortreich dem Schicksal, auf einen so einmalig wunderbaren Menschen gestoßen zu sein. Kurzum, in beider

Herzen nahm die Sehnsucht überhand, den Worten Taten folgen zu lassen: Man beschloss, sich leibhaftig gegenüberzutreten.

Damit dieses erste Treffen auf „neutralem" Boden stattfinden könne, kamen die beiden überein, sich auf halber Strecke in Lahr zu treffen. Da beide bereits in Lahr gewesen waren und – oh wundersame Fügung Amors – beide die Kneipe „Wolkenkratzer" so „urig" gefunden hatten, ward die passende Lokalität für diese schicksalhafte Begegnung schnell gefunden. Weil man jedoch als feinsinniger Geist nicht mit plumper roter Rose als Erkennungszeichen daherkommen wollte, einigten sich „Herzblatt73" und „Hermes19" auf die zarte gelbe Chrysantheme.

So in ihr künftiges Glück vertieft, hatten „Herzblatt73" und „Hermes19" eine Kleinigkeit übersehen: die Chrysanthema. Das riesige Lahrer Chrysanthemenfest fand just auch an jenem Tag statt. Und da ein dem „Wolkenkratzer" gegenüberliegender Schuhhändler zum Zwecke profaner Schuhwerbung durch zwei reizende, rokokogewandete Damen an alle Passanten gelbe Chrysanthemen verteilen ließ, traf es sich, dass zur schicksalhaften Stunde beinahe alle Passanten und natürlich auch alle Gäste des „Wolkenkratzer" mit gelben Chrysanthemen ausgestattet waren.

Inmitten dieser schier endlosen Masse gelber Chrysanthemen-Träger suchten sich „Herzblatt 73" und „Hermes19": mit prüfendem Blick, zunehmend verzweifelnd – und vergeblich. Denn weder konnte „Hermes19" die herbeigesehnte junge, attraktive Sportsmaid finden, noch entdeckte „Herzblatt73" in all dem Trubel den erwarteten sportgestählten, braungebrannten Hünen. Und so kam es, dass beide enttäuscht und traurig wieder davonschlichen. Wieder daheim in ihrer weißen Tristesse, warf „Herzblatt73" die gelbe Chrysantheme zornig in den Mülleimer und ertränkte ihre Enttäuschung, dem seelischen Schmerz angemessen, in gleich zwei Flaschen Prosecco. Vielleicht hätte Frau Neubarth jedoch nur eine Flasche – und aus Dankbarkeit einem gnädigen Schicksal gegenüber – ausgetrunken, hätte sie gewusst, dass sich hinter „Hermes19" ein kahlköpfiger, dickbäuchiger Hochstapler verbarg, der sich mittels einer reichen Freundin die kümmerliche Rente aufzubessern hoffte.

Aber das wäre dann eine andere Geschichte und hätte nichts mehr mit der gelben Chrysantheme zu tun.

Die „Zottli"-Chrysanthemen

In den Anfangsjahren der Chrysanthema, als die Lahrer wieder mit erwartungsvoller Bewunderung über die Blütenpracht staunten, mit der ihre Stadtgärtner die Stadt verzauberten, hat sich eine Geschichte zugetragen, von der alle Beteiligten schwören, sie habe überhaupt nicht stattgefunden – und so schon dreimal nicht! Allerdings weiß ich aus zuverlässiger Quelle, dass da eben doch was war. Und was, das will ich hier kurz erzählen.

An einem trüben Herbstabend sitzen drei angehende Automechaniker beim Feierabendbier in einem Wirtshaus und läuten das Wochenende ein. Die Kneipe liegt gegenüber dem Wahrzeichen Lahrs, dem Storchenturm, dessen dunkle Mauern von einem heftigen Nachmittagsregen wasserdurchtränkt sind und jetzt noch düsterer als gewöhnlich wirken. Nur die Chrysanthemengebinde geben dem grauen Ungetüm einen versöhnlichen Anstrich, ihre farbenfrohe Pracht überzieht ihn im Licht der Straßenlaternen mit bunt leuchtenden Farbklecksen.

Nun ist das mit dem Feierabendbier so eine Sache. Natürlich steht es jedem fleißig arbeitenden

Menschen zu, sich am Freitag nach einer anstrengenden Woche zum Feierabend ein Bierchen zu gönnen – wer hart arbeitet soll auch feiern dürfen. Etwas anders sieht die Sache aus, wenn aus den ein, zwei Bieren gleich ein halbes Dutzend werden und sich noch Weine und Schnäpse dazugesellen. Was dann droht, weiß bereits die Bibel in den Sprüchen zu berichten: „Sieh den Wein nicht an, wie er so rot ist und im Glase so schön steht: Er geht glatt ein, aber danach beißt er wie eine Schlange und sticht wie eine Otter. Da werden deine Augen seltsame Dinge sehen, und dein Herz wird Verkehrtes reden!"

Ob es an den vielen Strichen auf den Bierdeckeln liegt, ob es der Blick aus dem Fenster ist – jedenfalls dreht sich das Gespräch der jungen Männern bald um den Storchenturm und den Grusilochzottli. Das, was heute nur noch eine harmlose närrische Fastnachtsfigur darstellt, hatte einst den Lahrer Bürgern des Nachts Angst und Schrecken eingejagt.

Ob es am jämmerlichen Stöhnen der Gefangenen im Storchenturm lag, ob es bloß Wind- und Wettergeräusche waren oder ob damals bereits der Wein die Augen und Ohren der Säufer die biblisch benannten „seltsamen Dinge" erkennen ließ, lässt sich heute nicht mehr sagen. Fest steht jedoch, dass sich seit dem Mittelalter in Lahr viele Geschichten um unheimliche Gestalten ranken, die im Volksmund „Grusilochzottli" genannt wurden. Diese zerlumpten, furchteinflößenden Gesellen setzen jenen braven Bürgern mit Hexenspuk und Schadzauber zu, die sich zu nächtlicher Stunde zu nahe an den Storchenturm heranwagen.

Diese Geschichten wirken übrigens heute noch in einer Besonderheit der Lahrer Grusilochzottli-Narren nach. Ihre Narrenfigur, der "Zottli", soll jenem sagenhaften „Grusilochzottli" nachempfunden sein. Der "Zottli"wird nicht, wie bei anderen Narrenfiguren üblich, bereits am 11.11. zu neuem Leben erweckt, sondern erst am schmutzigen Donnerstag aus seinem Gefängnis im Lahrer Storchenturm befreit. Daher dürfen die Zünftler erst ab diesem Tag ihr Narrengewand, das Häs, tragen. Vermutlich hängt dieser Brauch mit den mittelalterlichen Zaubersprüche zusammen, die die „Zottli"-Gruselgestalten in den Storchenturm bannen sollten. Sicher ist sicher und um die Bevölkerung nicht allzulange dem „Zottli"-Spuk auszusetzen, haben die Gründungsväter der Zunft dem bedrohlichen Gruselwesen nur wenige Tage gegeben, sein – hoffentlich nur närrisches – Unwesen zu treiben: Am Fastnachtsdienstag ist Schluss damit! Dann wird der "Zottli" unter lauten Beschwörungsformeln wieder in sein dunkles Verlies im Storchenturm gebannt. Dort bleibt er bis zu seiner Befreiung am nächsten schmutzigen Donnerstag. Hoffentlich!

Selbstverständlich glauben moderne Lehrlinge nicht an mittelalterlichen Spuk. Und natürlich hat keiner der drei Angst vor dem "Zottli". Vielleicht, weil sie sich insgeheim nicht sicher sind, ob an dieser Schauergeschichte nicht doch etwas dran sein könnte, vielleicht, weil sich der durch den Alkohol geweckte Mut austoben will, vielleicht auch bloß aus jugendlichem Übermut – jedenfalls beschließen die drei, dem "Zottli" einen Besuch abzustatten. Damit der Besuch zur Mutprobe taugt, wird vereinbart, dass nur einer und allein in den Storchenturm steigt. Und das ohne Taschenlampe oder Handylicht, bei vollkommener Dunkelheit. Als Beweis der erfolgreichen Turmbesteigung soll der "Zottli"-Bezwinger als Trophäe eine weiße "Zottli"-Chrysantheme aus dem Blumenkasten neben der oberen Luke im Treppenaufgang pflücken.

Es kommen weitere Striche auf den Bierdeckel, dem "Zottli" wird immer mutiger entgegengetreten und am Ende entscheidet eine Runde Schere, Stein, Papier, wer denn die Heldentat vollbringen darf. Die beiden anderen sollen das Abenteuer vom Wirtshausfenster aus mitverfolgen, damit nicht geschummelt und einfach eine Chrysantheme aus einem der Gestecke im Vorhof des Turmes stiebitzt wird. Eine Runde Bier auf „ex", ein Obstwässerle für den Weg und der ausgewählte "Zottli"-Bezwinger macht sich unter aufmunterndem Gejohle auf den Weg.

Es ist immer wieder erstaunlich, wie schlagartig ernüchternd abendliche Straßen auf Kneipengänger wirken können. Eben noch die alkoholgeschwängerte Wärme der Wirtshausluft, der Lärm, das laute Durcheinanderreden und jetzt mit einem Mal die feuchtkalte Stille der menschenleeren Straße. Ein scharfer Wind macht frösteln, die Straßenlaternen umgeben fahle Lichthöfe, die sich nach wenigen Schritten in der Dunkelheit der Nacht verlieren. Jedenfalls wirkt der Storchenturm jetzt um eine ganz Ecke unheimlicher als aus dem Wirtshausfenster betrachtet. Bekanntlich ist die Tapferkeit dann am größten, wenn die Gefahr weit weg ist. Jedenfalls sinkt bei unserem Helden der Mut mit jedem Schritt, mit dem er sich dem Turm nähert. Was in der Kneipe noch wie ein lächerliches Altweibermärchen geklungen hat, wirkt plötzlich gar nicht mehr zum Lachen. Die massigen dunklen Steinquadern, die sich trotzig der Außenwelt entgegenstellen, die enge Tür und die schmalen Luken als undurchdringlich schwarze Flächen – was mag sich dahinter verbergen?

Zögerlich nähert sich der noch vor wenigen Augenblicken so mutstrotzende Lehrling dem schmalen Turmeinlass. Hinter dem Türbogen nichts als undurchdringliche schwarze Finsternis. Unsicher tastet er sich mit der Hand an der Wand entlang und versucht, mit dem Fuß die erste Treppenstufe zu erfühlen. Plötzlich hört er von oben ein leises Geräusch, so leise, dass er es mehr erahnt, denn deutlich hören kann. Er zuckt zusammen, macht sich aber sofort Mut: „Du ängstlicher Waschlappen, das war nur eine dieser dämlichen Tauben unterm Turmdach!" Wenn aber doch nicht? Jedenfalls sind Mut und Übermut nunmehr auf einen Schlag wie weggefegt. Behutsam ertastet er die zweite Treppenstufe. Wenn es hier nur nicht so verdammt dunkel wäre...

Ein jäher Schreck lässt ihn mitten im Schritt er-
starren: Da oben ist jemand! Er hört leisen ras-
selnden Atem, hört lauernde Schritte und spürt
den kalten Luftzug der Bewegung, mit der sich
ihm dieses Etwas nähert: Näher und immer näher, Schritt um Schritt näher. Er fühlt mit allen
Sinnen seines vor Angst fasr starren Körpers, dass
sich ihm da nichts Gutes entgegenkommt – und
er kann es nicht sehen!Er will dieses Etwas an-
sprechen, Mut zeigen, auch wenn ihm vor Angst
das Herz längst in die Hose gerutscht ist. Doch er
bekommt keinen Ton heraus, das Grauen schnürt
ihm die Kehle zu, es droht ihn zu ersticken.

Vollkommen kopflos vor Angst macht er jäh
kehrt. Jetzt nur noch weg, bevor ihn dieses unheimliche Monster zu fassen bekommt. Da, nur
drei, vier Schritte vor ihm die hellere Fläche des
Einlasses. Die muss er erreichen, dort wäre er in
Sicherheit, gerettet.

Er will nur noch weg, hinaus aus dieser schrecklichen Finsternis, da packt ihn etwas mit eiserner
Klaue an der Hose: Das Grusilochzottli will ihn
nicht gehen lassen! In panischem Schrecken reißt
er sich mit aller Kraftlos, will diesem eisernen
Griff entkommen. Er zerrt um sein Leben, stürzt
nach draußen und fällt der Länge nach direkt vor

ein Chrysanthemenarrangement, das die Fläche vor dem Storchenturm ziert. Die Angst treibt ihn wieder hoch. Er springt auf und jagt wie von allen bösen Furien gehetzt auf die Kneipentür zu. Angstbleich und ohne „Zottli"-Chrysantheme rettet er sich ins Wirtshaus zu seinen Freunden.

Auf diesen Schreck hin muss er sich gleich einen doppelten Obstler genehmigen. Die hämische Frage der Kumpels, ob er die Siegestrophäe bei seinem rasanten Schlußspurt verloren habe, beantwortet er mit gespielter Lässigkeit: „Ich bin mit meiner neuen Hose an einem verflixten Nagel hängen geblieben. Deshalb habe ich ich keine Lust gehabt, mir in dieser verfluchten Dunkelheit meine Hose komplett zu zerfetzen. Die ist mir zehnmal mehr wert, als eine dämliche „Zottli"-Chrysantheme!" Daher sei er blumenlos umgekehrt. Mit dieser Auskunft war die Aktion für die Freunde abgehakt, man trank noch einige Runden und machte sich schließlich kräftig angesäuselt auf den Heimweg.

Allerdings wunderten sich die Gärtner am nächsten Morgen über eine dünne Wasserspur, die sich aus dem Turmeinlass zur nächsten Chrysanthemenrabatte hinzog und dort in einer kleinen, gelblichen Pfütze endete – vermutlich das eigenartige Blumenwasser der „Zottli"-Chrysantheme, von der die Gärtner noch nie etwas gehört hatten.

Das Chrysanthemenfeld

Vor langer Zeit, als die Kinder in den Sommerferien noch barfuß auf den Feldern aushelfen mussten und die Väter stolz auf ihren schnurrbärtigen Kaiser waren, gab es im Städtchen Lahr einen Flugplatz. Zwar gibt es in dem Städtchen auch heute noch einen Flugplatz, doch landen auf dem nur noch knatternde Sportflugzeuge des örtlichen Fliegervereins und hin und wieder der weiße Privatjet eines reichen Unternehmers oder eines Politikers.

In jenen Tagen war das Fliegen noch majestätischer. Der Kaiser hatte im Städtchen nämlich eines seiner Zeppelin-Geschwader stationiert. Und so stiegen bei schönem Wetter die riesigen Stoffzigarren vom Flugfeld auf und drehten unter leisem Motorensurren ihre Runden über die sanften Hügel und die bewaldeten Flussauen des Umlandes. Die Bauern auf den Feldern, die Winzer in den Weinbergen und auch die Fischer auf dem Fluss verfolgten den Flug der Zeppeline mit beinahe religiöser Ehrfurcht: Was hatten sie doch für einen mächtigen Kaiser, der über solch mächtiges Fluggerät herrschte.

Und wenn dann hoch in der Luft aus dem Bauch der Zeppeline an langen Drahtseilen kleine sarggroßen Torpedos herabgelassen wurden, staunten die Menschen am Boden mit offenem Mund. Denn in diesen zugespitzten Zylindern steckten Männer, die mit ihrem Oberkörper vorn aus den Blechdosen herausragten. Mit ihren dicken Uniformfelljacken, den Rennfahrer-Lederhelmen und den großen Schutzbrillen, erinnerten sie von unten an schlüpfende Stubenfliegen. Und es ließ sich nur schwer sagen, was die gaffende Menge mehr bestaunte: das technische Wunder der schwebenden Giganten oder den Todesmut jener, die, nur von einem dünnen Seil gehalten, hunderte Meter über ihren Köpfen kreisten.

So war es denn auch nicht verwunderlich, dass, wieder am Boden angelangt, diese Artilleriebeobachter noch andächtiger bestaunt wurden, als die Trapezkünstler vom „Circus Krone", die jeden Herbst im Städtchen gastierten.

Wenn am Sonntagnachmittag die Soldaten in ihren Ausgehuniformen mit glänzend gewichsten Stiefeln und gezwirbelten Schnurrbärten im „Hirschen" ihr Bier tranken, wurden die Artilleriebeobachter bestaunt wie vom Himmel gestiegene Halbgötter in blauem Drillich. Die älteren Männer im steifen Ausgehrock, noch voller Stolz auf ihren heroischen Sieg über den Welschmann, luden die Uniformierten mit lautem „Hurra" auf Kaiser, Volk und Vaterland auf das eine oder andere Bier ein.

Und die Schulbuben mit ihren kurzen Hosen und staubigen Füßen umlagerten die Helden der Lüfte mit der gebotenen ehrfurchtsvollen Zurückhaltung. Sie lauschten mit riesigen Ohren, wenn die von Gradzahl, Einschlagwinkel und Artilleriereichweiten schwadronierten, Dingen, von denen weder sie noch ihre Väter und Großväter vorher je gehört hatten.

Nur die jungen Dinglinger Burschen wünschten Zeppeline samt uniformiertem Personal nach Buxtehude. Denn, kaum war sie der Zeppeliner ansichtig geworden, schien die Damenwelt des Städtchens abzuheben: Die eine heimlich schmachtend, die andere verstohlen zwinkernd, die Dritte herausfordernd lachend, warfen sie den Soldaten Blicke zu, die Wehrkraft und Moral gleichermaßen zu untergraben geeignet waren. Weil dieses prickelnde Blicke werfen schließlich auch dem letzten Bauernstoffel nicht verborgen bleiben konnte, endete fast jede dieser sonntäglichen Lustbarkeiten in einer handfesten Prügelei.

Da ihm der Sinn nicht nach bierseligem „Hurra",
Fräuleingeblinzel oder gar Wirtshauskeilerei
stand, verabschiedete sich der Gefreite Kai Hermann sonntags regelmäßig schon am Kasernen-
hoftor von seinen stadteinwärts davoneilenden
Kameraden. Der Dreiundzwanzigjährige war ein
blonder, kräftiger, groß gewachsener Bauernsohn
aus Westfalen und wortkarg.

Wenn man diesem Menschenschlag an sich schon
eine gewisse Sparsamkeit beim Gebrauch der
Sprache nachsagte, so war dieser Zeppelinmechaniker selbst für westfälische Verhältnisse schweig-
sam: Er redete so gut wie nie. Und wenn er dann
doch einmal zum Sprechen gezwungen wurde,
war selten mehr als „Ja" oder „Nein" zu hören.
Daher hielten ihn alle, die ihn nicht näher kannten, für stumm.

Kai Hermann zog dann allein durch die umliegenden Felder. Er begutachtete, ob sie recht ge-
pflügt worden waren, verfolgte aufmerksam das
Heranwachsen der Saat und zerrieb die erntereife
Gerste zwischen den Fingern – alles Dinge, die er
einst auch auf dem Bauernhof seines Vaters zu
tun gewohnt war. Außerdem genoss er die men-
schenferne Ruhe, das Gezwitscher der Bachstelze
und das gurgelnde Plätschern des Baches, der die

Flur durchzog. Sie waren ihm ein beruhigender Ausgleich zum brüllenden Kasernenhofton und der lärmenden Großmäuligkeit seiner Kameraden.

An einem dieser sonnigen Sonntagnachmittage lag Hermann mehrere Schritte neben einem mannshohen steinernen Wegkreuz unter einem Baum im Gras, dachte wehmütig an Gerste und Kühe im Westfälischen – und döste ein. Er wachte erst auf, als er am Wegkreuz Schritte vernahm. Durch die Grashalme hindurch gewahr er ein junges Mädchen mit einer kleinen Gießkanne, das sich an dem kleinen Blumenbeet vor dem Wegkreuz zu schaffen machte. Das Mädchen, wohl kaum 20 Jahre alt, hatte lange blonde Zöpfe und war gerade dabei, Unkraut aus dem Beet zu jäten.

Obwohl sie ihn noch nicht bemerkt hatte, war Hermann die Begegnung sehr unangenehm. Wenn er sich weiter still verhielt, könnte sie befürchten, er führe Übles gegen sie im Schilde. Wenn er sie jedoch einfach ansprach, könnte sie den fälschlichen Eindruck gewinnen, er habe genau zu diesem Zwecke hier auf sie gewartet. Während er halb aufgerichtet im Gras saß und grübelte, wie er aus dieser verzwickten Situation wieder herausfinde, bemerkte ihn die junge Frau. Sie stieß vor Schreck einen kurzen Schrei aus und starrte ihn wie gelähmt an.

Vor Schreck ebenfalls ganz starr, wurde Hermann vor Verlegenheit krebsrot im Gesicht und stotterte die passendste Entschuldigung, zu der er im Augenblick fähig war: „Hochverehrtes Fräulein, ich bitte gnädiges Fräulein, mir zu vergeben! Ich wollte das gnädige Fräulein wirklich nicht desperieren!" Und weil ihm nichts anderes einfiel, fügte er noch ein kasernentonhaft zackiges: „Gefreiter Kai Hermann, Zeppelin-Batallion 359, auf Sonntagsausgang" hinzu. Beim letzten Satz war Hermann schnell aufgesprungen und stand nunmehr stramm vor dem Mädchen.

Weil sie den verdatterten großen Kerl mit seiner steifen Soldatenpose und dem hochroten Kopf zum Schießen lustig fand, baute sich das Mädchen ebenfalls vor dem Blumenbeet auf und salutierte übertrieben militärisch zurück: „Die ungefreite Anna vom Hursterhof!" Weil sie dabei jedoch in der linken Hand ihre Gießkanne hielt und in der rechten Hand ein Büschel Unkraut zur Stirn führte, musste auch er jetzt prustend lachen. So standen sich die beiden eine ganze Weile salutierend gegenüber und lachten einander aus.

Auch wenn junge Bauersleute sich zu jener Zeit gegenseitig keine Gedichte zu schreiben oder mit feinen Billetts in die Oper einzuladen pflegten, so wussten sie doch auch damals bereits nur zu gut, wenn zwei aneinander Gefallen gefunden hatten. Und die beiden hatten wohl starken Gefallen aneinander. Wie sonst wären die Sorgfalt und Gründlichkeit zu erklären gewesen, mit der die beiden sich fortan Sonntag für Sonntag gemeinsam der Pflege des kleinen Blumenbeetes widmeten?

Nach getaner Gartenarbeit saßen sie dann noch stundenlang im Gras zusammen. Anna plapperte und plapperte in einem fort, er saß mehr oder weniger stumm daneben und betrachtete sie mit verliebtem Blick von der Seite. Ob das Plappern von Zeit zu Zeit aussetzte, weil sie nachdenken wollte oder weil sie sich küssten, wussten nur die Spatzen im Baum, unter dem die beiden saßen. Und die hatten anderes zu zwitschern.

Plappern, Küssen und Zwitschern wären wahrscheinlich noch eine ganze Weile so weitergegangen, hätte nicht der Kaiser beschlossen, gegen den Franzmann Krieg zu führen. Dafür benötigte der Kaiser auch seine Zeppeline und Zeppelinmechaniker: Das Zeppelin-Bataillon 359 sollte an die Front verlegt werden. Aber anders als seine vor Kampfeslust und Siegeswillen platzenden Kameraden war Hermann von diesem kaiserlichen Ansinnen wenig begeistert. Zum einen haben Bauern von alters her eine angeborene Abneigung gegen den Krieg, werden dabei doch Äcker zerstört und gutes Vieh vernichtet, beides Dinge, die jede Bauernseele zutiefst betrüben. Zum anderen hatte Hermann die sonntägliche Kreuz- und Beetpflege derart ins Herz geschlossen, dass ihm selbiges schon bei dem Gedanken brechen wollte, bloß wegen eines Krieges fürderhin darauf verzichten zu sollen.

An einem kühlen Herbstnachmittag war es dann so weit: Es hieß, Abschied zu nehmen. Anna plapperte weit weniger als sonst – diesmal, weil sie zwischendurch immer wieder herzhaft weinen musste. Und Kai Hermann versprach ihr in seiner kurzen, knappen Art zwei Dinge: Zum Abschied einen Blumenstrauß über dem Hursterhof abzuwerfen und sie nach überstandenem Krieg zu heiraten.

Am nächsten Tag staunten die Bauern auf den Feldern rund um dem Hursterhof nicht schlecht. Ein Zeppelin kreiste mit tiefem Brummton viel tiefer als üblich über dem Hof und aus einer kleinen unscheinbaren Luke an der Unterseite des Fluggerätes fiel ein Strauß bunter Chrysanthemen Richtung Erde. Weil Hermann jedoch Zeppelinmechaniker und nicht Artilleriebeobachter war, verfehlte der Strauß sein Ziel gewaltig: Der Strauß löste sich noch in der Luft auf und ergoss sich in einem Chrysanthemenregen auf ein Brachfeld, zwei Felder vom Hof entfernt. Anna war trotzdem mächtig stolz auf ihren himmlischen Blumenstrauß. Sie wartete nunmehr jeden Tag sehnsüchtig darauf, dass ihr Hermann kommen und auch den zweiten Teil seines Versprechens wahr machen würde.

Doch darauf musste sie länger warten. Es vergingen Tage, es vergingen Wochen, es vergingen Jahre. Auf der Brache war ein buntes Chrysanthemenfeld herangewachsen. Doch Hermann kam nicht. Außer der einen oder anderen Feldpostkarte hatte Anna kein Lebenszeichen von ihm. Mit jedem Herbst wurde das Chrysanthemenfeld dichter und Annas Bangen größer.

Dann war der Krieg endlich vorbei. Der Kaiser war weg, die Zeppeline waren weg und Hermann wieder da. An einem Sonntagnachmittag saß er einfach wieder unter ihrem Baum neben dem Wegkreuz und wartete. Uniform und Hermann konnte man zwar ansehen, dass sie im Krieg so einiges durchgemacht hatten, doch waren beide im Großen und Ganzen heil geblieben. Allerdings störte das Anna keinen Augenblick. Sie sprang ihm um den Hals und plapperte drauflos, als wollte sie das Geplapper der ganzen vergangenen Sonntage an einem einzigen Nachmittag nachholen.

Weil Hermann gewillt war, sein Versprechen nunmehr zur Gänze einzulösen, weinte Anna vor Freude und ihre Mutter vor Wehmut, da die Tochter ins Westfälische ziehen sollte. Und so kam es, dass auf dem Hursterhof bis heute ein herbstliches Chrysanthemenfeld an Zeppeline, Anna und Hermann sowie das junge Glück erinnert.

Der weiße Chrysanthemenstrauch

Auch wenn es makaber klingt: Ich liebe den Lahrer Bergfriedhof. Dem unruhigen städtischen Treiben enthoben, zieht er sich wie ein englischer Landschaftspark weitläufig über einen terrassierten Hangausläufer des Schutterlindenbergs. Und ich liebe die herrliche Aussicht, die mir der Friedhof auf das Rheintal und die Vogesen, die vielen bunten Dörfer und die große Stadt Straßburg mit ihrem himmelwärtsragenden Münster bietet.

Zwar mag ich keine Beerdigungen – nicht zuletzt deshalb, weil sie mich an mein eigenes Ende erinnern. Aber die Friedhöfe schätze ich in jeder Stadt, sie sind mir immer einen Besuch wert. Ob in Freiburg oder in Frankfurt, in Ottenheim oder in Lahr: Ich genieße die Stille, die ewige Ruhe, die die Friedhöfe ausstrahlen. Mag die Stadt auch laut und hektisch sein, kaum lasse ich das Friedhofstor hinter mir, bin ich in einer anderen Welt. Vieles von dem, was vor diesem Tor noch mit drängender Eile auf Wichtigkeit pocht, schrumpft hinter der Tür im Angesicht der Gräber, Grableuchten und Blumen zur Lappalie.

Dieser Tage, als ich wieder einmal gedankenversunken von meiner Lieblingsbank auf die Rheinebene hinausblicke, setzt sich eine ältere Frau neben mich. Die Frau trägt einen dunkelgrauen knöchellangen Übergangsmantel und eine schief auf den Kopf gezogene schwarze Baskenmütze. Ihre übergroße schwarze Handtasche hält sie mit beiden Händen fest, um sich dahinter wie hinter einer kunstledernen Burgmauer zu verschanzen. Ihre ganze Erscheinung scheint zu signalisieren: „Lasst mich bitte einfach nur in Ruhe!"

Nachdem die Frau eine ganze Weile stumm über den Friedhof hinweggeblickt hat, wendet sie mir mit einer entschlossenen Drehung das Gesicht zu. Von dieser jähen Bewegung überrascht, muss ich sie ziemlich verdutzt angeglotzt haben, denn sie spricht mich mit einem feinen Lächeln freundlich an: „Entschuldigen Sie, ich wollte Sie nicht erschrecken! Aber da ich sonst niemanden habe, möchte ich Sie um Ihre Meinung bitten. Sie wissen ja: Wes das Herz voll ist, geht der Mund über – und das, worüber ich mit Ihnen sprechen will, lässt mir seit Wochen keine Ruhe." Da mein anfänglicher Groll über die störende Aufdringlichkeit schnell neugieriger Vorfreude weicht, ermuntere ich die Frau, mit ihrer Geschichte zu beginnen und schon im nächsten Augenblick sprudelt es aus der Frau heraus.

„Ich möchte Ihnen vorweg erzählen, dass ich nur eine einfache Frau bin und aus einfachen Verhältnissen stamme. Mein Vater war Maschinenschlosser in der 'Roth-Händle', der bekannten Lahrer Tabakfabrik, meine Mutter Verkäuferin in einem kleinen 'Spar'-Laden. Meine Eltern führten ein kleinbürgerliches Leben, wie man so sagt.

Als Kind hatte ich mir nichts sehnlicher als eine kleine Katze gewünscht. Aber weil unsere Mietwohnung sehr beengt war, hatte mein Vater Haustiere für tabu erklärt: 'Ich will mir die Küche nicht mit einem Hund teilen und brauche im Wohnzimmer keine Katze, die auf Kommode und Sofa herumturnt!'. Damit war mein Katzenwunsch vom Tisch. Weil aber meine Mutter wusste, wie sehr ich mir diese Katze gewünscht habe, hat sie mir eines Tages vom Wochenmarkt einen sorgfältig in Zeitungspapier eingeschlagen kniehohen Chrysanthemenstock mitgebracht, der in einen tönernen Blumentopf eingepflanzt war. Für diesen Blumentopf schob sie die anderen Kräutertöpfe auf dem Küchenfenster enger zusammen, meine Chrysanthemen sollten einen besonders sonnigen Platz bekommen. Dieser Blumenstock war zwar keine Katze, aber immerhin besser als Nix: Die Pflanze war real und auf der Fensterbank zu bewundern. Immerhin hatte ich jetzt einen lebendigen Begleiter. Dieser anfangs blütenlosen Pflanze widmete ich nunmehr meine aufmerksame Pflege: Jeden Tag überprüfte ich die Feuchtigkeit der Blumenerde, suchte Blatt für Blatt nach Blattläusen ab und hüpfte vor Freude durch die Wohnung, als ich die ersten Blütenknospen entdeckte.

Es mag seltsam klingen, dass sich ein junges Mädchen ausgerechnet einen Blumenstock zum Seelentröster auserwählt. Aber mit der Zeit wurde mir diese weiße Chrysantheme zur Gefährtin. Nachmittag für Nachmittag berichtete ich der dunkelgrünen Pflanze auf dem Fensterbrett in der Küche von den kleinen Abenteuern, die ich in der Schule und auf dem Schulweg erlebt hatte. Ohne Frage: Die Pflanze teilte meine Freude über eine gefundene Zehn-Pfennig-Münze und weinte mit mir, wenn ich eine Klassenarbeit versiebt hatte.

In dieser Zeit war meine Mutter schwer erkrankt. An eine ernste Operation hatte sich ein mehrwöchiger Kuraufenthalt am Meer angeschlossen. Da wir uns einen Besuch nicht leisten konnten, schrieb ich meiner Mutter jeden Sonntag einen Brief, dem Vater ein paar eigene Zeilen auf der Rückseite beisteuerte.

Ich hatte diese Briefe längst vergessen. Als aber meine Mutter vor rund zehn Jahren gestorben ist, sind mir bei der Sichtung ihrer Habe diese Briefe wieder in die Hände gefallen. Ich war überrascht, dass meine Mutter sie all die Jahre aufbewahrt hatte.

Ich habe Ihnen ja bereits gesagt, dass ich nur eine einfache Frau bin. Und ich kann Ihnen verraten, dass es mit meinen kindlichen Schreibkünsten nicht weit her war. Wenn ich seinerzeit im Schulaufsatz eine seltene Zwei geschafft hatte, gab's für die Chrysantheme einen Freudentanz um den Küchentisch. Daher blieben auch diese in ungelenker Kinderschrift verfassten Briefe inhaltlich eher schlicht: 'Liebe Mama! Meine Chrysantheme hat am Dienstag ein neues Blatt hinzugekriegt. Gestern hat ein großer Laster an der Kreuzung Neumaiers Pudel tot gefahren. Oma hat heute Pfannkuchen gebacken. Dazu haben wir Kompott gegessen.' Angesichts des doch eher unspektakulären Inhalts war ich überrascht, dass meine Mutter diese offensichtlich nicht ganz frei von väterlichem Drängen entstandenen peinlichen Zeugnisse meiner dürftigen Schreibkünste nicht längst entsorgt hatte.

Nur dem energischen Dazwischentreten meines Mannes ist es zu verdanken, dass es diese Briefe heute noch gibt. Inzwischen haben sie sogar ihren Retter überlebt. Mein Mann ist vor drei Jahren verstorben. Sein Grab ist da unten, der dritte Grabstein in der ersten Reihe rechts neben der großen Platane. Da ich nunmehr ganz allein lebe – meine Tochter wohnt mit ihrem Mann und meinen beiden Enkelkindern in Paraguay – habe ich viel Zeit, um zu grübeln.

Inzwischen glaube ich, dass an dem, was mir die alten Leute in meiner Kindheit immer wieder erzählt haben, doch viel Wahres dran ist: Mit zunehmendem Alter schließt sich der Lebenskreis, du wirst wieder zum Kind. Natürlich habe ich all die schönen und schrecklichen, die bedrückenden oder bewegenden Dinge nicht vergessen, die ich in meinem langen Leben erlebt habe. Schließlich bilden sie in der Summe das, was mein Leben ausmacht. Doch je älter ich werde, desto kleiner wird mir mein Leben. Im Alter schmiedet man keine großen Pläne mehr, im Alter hat man keine Zukunftsängste – im Alter zieht man sich immer mehr an den Rand des Lebens und in sein eigenes

Schneckenhaus zurück. Man sitzt Tag für Tag am Fenster und wartet auf den Tod. Ich treffe beim Einkaufen Nachbarn und Bekannte, ich komme regelmäßig hier auf den Friedhof, um mich mit meinem Mann zu unterhalten. Aber es bleiben kleine Dinge, über die wir uns unterhalten und die ins Zentrum unseres Lebens gerückt sind: Krankheits- oder Todesfälle im Bekanntenkreis, die Kinder und Enkelkinder, die Haustiere. In dieser kleiner werdenden Welt wachsen die Kleinigkeiten: Ein warmer Sonnenstrahl auf der Haut, der süße Geschmack einer reifen Pflaume oder ein Lied aus der Jugend, an das liebe Erinnerungen geknüpft sind, werden zu wertvollen Erlebnissen.

Kurze Zeit nach der Beerdigung meines Mannes habe ich mir auf dem Wochenmarkt einen Blumenstock gekauft. Der Kauf war eine spontane Bauchentscheidung, und: Ja, es sind weiße Chrysanthemen. Wie vor über 70 Jahren sitze ich heute wieder in der Küche und spreche mit der Pflanze auf dem Fensterbrett über alles, was mich froh oder traurig macht.

Sie haben es vermutlich nicht bemerkt, aber ich beobachte Sie schon seit einiger Zeit und habe den Eindruck gewonnen, dass Sie ein ernsthafter und verlässlicher Mensch sind. Da ich annehme, dass ich mich auf Sie verlassen kann, habe ich eine dringende Bitte an Sie: Sorgen Sie bitte dafür, dass nach meinem Tod der weiße Chrysanthemenstrauch aus der Küche auf mein Grab gepflanzt wird. Würden Sie das für mich tun?"

Die verzauberte Chrysantheme

Vor langer Zeit, als Lahr noch „Lahr in Baden" und nicht „Lahr / Schwarzwald" geheißen ward, lebte am Bärenplatz ein junges Fräulein. Zu jener Zeit hatte diese Bezeichnung noch den Beiklang eines ehrbaren Kompliments und es schmeichelte selbst dem nicht mehr ganz so jungen Fräulein, solcherart angeredet zu werden.

Mit ihren großen, verträumten Augen, der aristokratischen Nase, den dunkelroten Lippen und ihrem hüftlangen, kastanienroten Haar erinnerte das Fräulein an eine von Rossetti gemalte Madonna. Das hatte zumindest der Zeichenlehrer einst von ihr behauptet. Aber da der Zeichenlehrer zwischenzeitlich verstorben war und sie die Bilder von Rossetti nie selbst zu Gesicht bekommen hatte, blieben ihr nur die anerkennenden Blicke der jungen Burschen. Die verdrehten sich regelmäßig die Hälse nach ihr, wenn sie nach getaner Arbeit aus dem Büro über den Bärenplatz ihrem Wohnhaus zustrebte.

Dieses Wohnhaus wirkte, obwohl zweigeschossig, neben den danebenliegenden großbürgerlichen Protzbauten viel kleiner, als es tatsächlich war.

Und es barg ein Geheimnis, genauer, eine kleine, dem Innenhof zugewandte Kammer, über die in der Familie kaum gesprochen wurde. Diese Kammer hieß seit Generationen nur das „Kräuterzimmer" und blieb den weiblichen Hausbewohnern vorbehalten.

Seit Ur-Urgroßmutters Tagen hatte es in der Familie stets Frauen mit besonderen Begabungen gegeben, Frauen, die mit einem Kräuterbüschel oder einem Amulett dort weiterhelfen konnten, wo die Ärzte und Pfarrer der Stadt keinen Rat mehr zu geben vermochten. Diese Mittelchen und okkulten Gegenstände waren im „Kräuterzimmer" aufbewahrt und seit vielen Generationen von Großmutter an Tochter und Enkelin weitergegeben worden.

Nun war aber unser Fräulein ein modernes Fräulein. Sie hatte mit besten Zeugnissen die höhere kaufmännische Schule absolviert, trug ein keckes modisches Samthütchen und hörte abends liebend gern die neuesten Schlager im Radio. Sie war sogar einmal in Onkel Alfreds Automobil am Steuer gesessen und fast ganz allein einen Feldweg entlanggefahren. So modern war das Fräulein! Deshalb hielt sie natürlich nichts von jenem unmodernen, altmodischen Hokuspokus, mit dem ihre Oma immer noch dann und wann dieser oder jener Nachbarin bei eingewachsenen Fußnägeln oder hartnäckigen Verdauungsproblemen mit einem Kräutlein oder Pülverchen aushalf.

Weil unser Fräulein also sehr modern war, musste sie laut lachen, als ihre Bürokollegin Irma an einem regnerischen Herbsttag in der Mittagspause heimlich und unter dem Siegel höchster Verschwiegenheit die Bitte vorbrachte, dem Bruder zu helfen. Der junge Mann, den unser Fräulein nicht kannte, da er in einem der umliegenden Dörfer wohnte, sei so unsterblich wie unglücklich in die Nachbarstochter verliebt, die seinem Liebeswerben jedoch nur herzlose Ablehnung entgegenbrachte. Da ihr, der am Unglück des Bruders mitleidenden Schwester, zu Ohren gekommen sei, dass die Oma des Fräuleins allerlei wirksame Kräutlein und Sprüchlein wisse, auch bei verstockten Personen Liebe zu entfachen, wäre es doch für sie, die geschätzte Kollegin und sicherlich mit diesen Gaben ebenso gesegnete Enkelin, sicherlich ein Leichtes, dem Bruder in seinem Liebeskummer zu helfen.

Obwohl es ihm widerstrebte, weil sie wenig von altbackenem Hexenzauber hielt, gab unser Fräulein dem täglich dringlicher vorgebrachten Ansinnen in einem schwachen Augenblick nach. Halb scherzend, halb im Ernst erklärte sie sich irgendwann bereit, Irmas Bruder zum erwünschten Liebesglück zu verhelfen. Erleichtert wurden sofort Tag und Uhrzeit für das bevorstehende Schicksalsereignis festgesetzt und Irma wäre am liebsten gleich nach Hause gerannt, um dem Bruder vom bevorstehenden Glück zu berichten.

„Der Mut ist groß, solange die Gefahr fern ist!" Obwohl unser Fräulein keine italienischen Staatsphilosophen gelesen hatte, traf diese Feststellung desto mehr auf sie zu, je näher der vereinbarte Termin rückte: Wie sollte sie, die das Kräuterzimmer nur einmal verbotenerweise als naseweises Gör heimlich betreten hatte, einen wirksamen Liebeszauber hinbekommen? Sie kannte kaum eines der Kräuter und Pulver in den vielen Gläsern der Oma und vermochte keinen der Segens- und Zaubersprüche in deren altmodischer Kladde zu entziffern. Einen wirksamen Liebeszauber hinzubekommen, würde in der Tat an Zauberei grenzen!

Es half nichts, sie musste Oma um Hilfe bitten. Kurz vor dem Besuch des jungen Mannes beichtete sie der Großmutter, auf was sie sich da eingelassen hatte und flehte die Oma eindringlich an, ihr zu helfen. Die gutmütige Alte versprach das und unserem Fräulein fiel ein kleinerer Steinbruch vom Herzen.

Als es kurze Zeit später an der Haustür klopfte, klopfte das Herz unseres Fräuleins fast ebenso laut. Ganz aufgeregt, mit verschwitzten Händen hastete es durch den dämmrigen Flur und öffnete die Tür. „Sie sind bestimmt der Herr …“ Mitten im Satz stockte sie und hielt sich an der halb geöffneten Türe fest. Der Anblick des jungen Mannes hatte ihr die Sprache verschlagen. Vor ihr stand ein großer, breitschultriger Mann mit wachen blauen Augen, der sich verlegen an einen abgeschossenen schwarzen Regenschirm klammerte. Vielleicht kannte der Besucher die Gemälde Rossettis, vielleicht hatte er sich Hexen auch nur viel älter und vor allem viel hässlicher vorgestellt – jedenfalls stand auch er jetzt völlig verdutzt da und brachte außer einem gestotterten „Ja, ja …“ kein weiteres Wort heraus.

Vermutlich wären die beiden noch eine ganze Weile wortlos in der Tür gestanden, hätte die Oma nicht aus dem Hintergrund gemahnt, doch den Gast hereinzubitten und die Tür zu schließen, da sie nicht gewillt sei, mit dem teuren Holz die herbstliche Straße zu beheizen. So führte das

Fräulein den jungen Mann in das Halbdunkel des ominösen Zimmers, das nur spärlich von zwei Kerzen erleuchtet wurde. Die Oma hatte an ihrem runden Altartischchen Platz genommen und blätterte in einem zerfledderten Heft zwischen krakeligen handschriftlichen Einträgen hin und her.

Als der Mann eingetreten war, wies sie ihm einen kleinen Hocker an der gegenüberliegenden Tischseite zu und begann damit, den Gast penibel auszufragen. Es stellte sich schnell heraus, dass der 27-Jährige der mittlere Sohn eines ihr bekannten Försters war und als Dorfschullehrer in einem benachbarten Dorf arbeitete. Beinahe trotzig betonte der junge Mann zum Ende der Befragung, dass er als moderner, aufgeklärter Zeitgenosse persönlich wenig von überkommenem Aberglaube halte und im Grunde gegen den eigenen Willen und die eigene Überzeugung, lediglich dem Drängen der Schwester nachgebend, hierher geraten sei.

Die Alte, die den Worten des Besuchers mit einem verschmitzten Funkeln in den Augen gefolgt war, erwiderte nur lakonisch, dass sich das bei den meisten ihrer Klienten kaum anders verhalte. Trocken ergänzte sie, dass sie es sich daher im Grunde kaum erklären könne, wie sie so vielen

Menschen zu helfen vermocht hätte, wo doch scheinbar niemand ihren Künsten vertraue.

Vielleicht um den jungen Mann nicht gleich beim ersten Besuch mit zu viel unverständlichem Zauberbrimborium zu verstören, vielleicht um den strengen Ritualen hexenzunftlicher Korrektheit Genüge zu tun, vielleicht aber auch nur, weil ihr die Blicke nicht entgangen waren, mit denen sich die beiden jungen Menschen insgeheim gegenseitig musterten – jedenfalls erklärte die Oma dem irritierten Gast entschlossen, dass fürs Erste die Karten zu befragen seien, damit man wisse, ob ein Liebeszauber überhaupt in Frage käme.

Sie hatte auf ihrem Tischchen neben den zwei qualmenden Räucherkerzen einen Stapel mit Wahrsagekarten bereitgelegt – bunt bebilderte Lenormand-Karten, wie sie dem skeptischen Herrn Lehrer erläuterte – aus dem der jetzt drei Karten ziehen und mit der Bildseite nach oben auf den Tisch legen sollte. Skeptisch und mit spitzen Fingern befolgte der Besucher ihre Anweisung. Vor dem Mann lagen die Karten „Sarg", „Kind" und „Sonne". Fragend blickte der Gast von den drei Karten zur Alten auf: „Und was soll das Ganze für mich bedeuten?" „Ganz viel oder ganz wenig – das kommt nur auf Dich an!", erwiderte die Alte vielsagend. „Die drei Karten stehen in der Reihe, in der Du sie gezogen hast, für Deine Vergangenheit, Deine Gegenwart und Deine Zukunft. Der 'Sarg' zeigt Dir an, dass etwas für Dich zu Ende geht, etwas stirbt oder aufhört. Das 'Kind' steht für einen neuen Anfang, für etwas, das begonnen hat und weiter wachsen wird. Die 'Sonne' verheißt Dir Lebensfreude, Wärme und eine glückliche Zukunft.

Eines musst Du aber gleich wissen: Ob es zur Liebe zwischen Dir und dieser bestimmten Frau kommt, lassen die Karten offen, weil Du weder die 'Ring-' noch die 'Herzkarte' gezogen hast! So wie ich das fühle, haben sich die Karten nicht auf eine Liebe zwischen Dir und dieser Frau festgelegt, weil diese Liebe im spirituellen Raum noch nicht feststeht! Vieles in unserem Leben hängt davon ab, was wir tun oder nicht tun: Erst Dein Handeln und das Verhalten dieser Frau schaffen die Grundlage für eine Liebe, die sich dann in höheren Wirklichkeiten offenbart."

Wie in Trance verfolgte die Wahrsagerin die feinen Rauchsäulen der Kerzen, die sich nach oben im Zimmerdunkel verloren. Nach einer längeren Pause fuhr sie flüsternd fort: „Ich kann Dir heute nur sagen: Du hast das sterbende Ende gezogen, das wachsende Neue und die liebevolle Zukunft. Aber die kann auch nur Bekanntschaft oder Freundschaft bedeuten – von Liebe sagen die Karten nichts! Meistens begreifen wir den Sinn der Karten erst in der Zukunft ganz. Also: Immer schön bei den Karten bleiben und nichts in die Karten hinein wünschen, was nicht drin ist! Dinge können sich ändern, vieles begreifen wir erst dann, wenn's zu spät ist. Merk Dir deshalb gut: Was immer Dir die Karten sagen – letztlich kommt es auf Dich an. Denke daran, wenn Du Dir in den nächsten Tagen über die Karten den Kopf zerbrichst!"

Mit dem Hinweis, dass sie nunmehr erschöpft sei und zu Bett gehen werde, entließ die alte Frau den verwirrten jungen Mann, nicht ohne ihm aufzutragen, sich in einer Woche mit einer grünen Chrysantheme um die gleiche Uhrzeit wieder bei ihr einzufinden, damit der Liebeszauber in die Wege geleitet werden könne.

Als unser Fräulein den Besucher durch den Flur zur Türe begleitete, hatte sie für einen kurzen Moment den Eindruck, dass ihr der Herr Lehrer bei der freundlichen Verabschiedung die Hand um ein kurzes Etwas zu lang gedrückt gehalten und ihr um einen Augenblick zu lange und zu tief in die Augen geschaut habe. Jedenfalls war sie froh, dass der junge Mann in der dunklen Diele ihr Erröten nicht bemerkt hatte. Dass ihm die eigene Gesichtsfarbe auch Anlass zu Verlegenheiten geboten hätte, war ihr im Dunkeln allerdings ebenfalls entgangen.

Obwohl sie der enttäuschten Kollegin von den abendlichen Geschehnissen nichts berichten durfte, weil dadurch nach altem Hexenbrauch der Zauber sofort unwirksam werden könnte, löcherte sie Irma in den darauffolgenden Tagen geradezu mit Fragen zum Bruder – was selbstverständlich nur damit zu tun hatte, dass eine gewissenhafte Hexe alles über den Menschen in Erfahrung bringen muss, für den sie einen Zauber vorbereitet.

Jedenfalls spukte ihr der junge Mann tüchtig im Kopf herum. Seine Stimme, sein Lächeln, seine Augen und sein Händedruck – warum musste sie sich fortwährend daran erinnern? Voller Ungeduld erwartete sie das nächste Treffen und war bitter enttäuscht, als es zur verabredeten Stunde nicht an der Türe läutete. Während es sie voller Unruhe zwischen Großmutter und Haustüre hin und her trieb, traf die alte Frau in aller Seelenruhe die letzten Vorbereitungen für den Liebeszauber. „Und wenn er sich das anders überlegt hat und doch nicht kommt?" Der bangen Frage der Enkelin entgegnete die Großmutter mit nachsichtiger Gewissheit: „Der kommt! Und wie der kommen wird!" „Woher kannst Du das wissen?" „Dafür brauche ich nicht einmal die Karten auszupacken!", lächelte die Alte vielsagend.

Und tatsächlich: Wenige Minuten später stand der junge Mann abgehetzt und zerzaust, mit einer abgeknickten grünen Chrysantheme im Flur. „Fahrradpanne" entschuldigte er sich ganz außer Atem bei dem Fräulein im Flur. Weil sie seinen bewundernden Blick in ihrem Rücken spürte, hatte die junge Dame anschließend keine große Eile, seinen Mantel an einen Kleiderbügel der Garderobe zu hängen.

Als die beiden schließlich das Kräuterzimmer betraten, blickte die alte Frau, die gerade dabei war, sieben kleine Münzen in eine grüne Glasschale abzuzählen, kurz hoch und beschied den jungen Mann mit einer Kopfbewegung, hinter einer Reihe von sieben Kerzen Platz zu nehmen. Während der noch verständnislos auf das Wirrwarr aus Äpfeln, Zimtstangen, Streichhölzern, Stoffbändern, Zirkel und Lineal vor sich auf dem Tisch starrte, nahm ihm die Alte die mitgebrachte Chrysantheme aus der Hand und berührte mit der Blume unter seltsamem Gemurmel abwechselnd jeden dieser Gegenstände. Dabei legte sie die Blume immer wieder auf einem siebeneckigen Stück Papier ab, das über und über mit geheimnisvollen Symbolen bedeckt war.

Weil er von dem ganzen Hokuspokus nichts verstand, wurde dem Mann die Zauberzeremonie langweilig. Er blickte an der Zauberin vorbei fragend zu der jungen Frau im halbdunklen Zimmerhintergrund. Da die in Zauberkünsten unbewanderte junge Dame vom Treiben am Zaubertisch ebenfalls gelangweilt war, begegnete sie seinem fragenden Blick mit Achselzucken und zustimmendem Lächeln.

Auch wenn sich dieses Zauberbrimborium scheinbar endlos hinzog – irgendwann war es vorbei. Mit einer feierlichen Geste hob die Alte die Chrysantheme hoch und überreichte sie dem Besucher. Dabei schärfte sie ihm mehrfach und eindringlich ein, die Blume ausschließlich der Angebeteten in die Hände zu geben, da der Zauber seine Wirkung nur ein einziges Mal entfalten könne. Der Mann bedankte sich höflich für die Zauberblume und versprach, die Anweisungen penibel zu befolgen.

Vielleicht war der Herr Lehrer von der ganzen Zauberveranstaltung noch etwas benommen, vielleicht von der strapaziösen Herfahrt übermüdet oder auch nur vom Lächeln der ihn zur Türe begleitenden jungen Frau verwirrt – jedenfalls bat er sie, die Blume zu halten, damit er in seinen Mantel schlüpfen konnte. Während sich die beiden in der Haustüre verabschiedeten, gab sie ihm seine Zauberblume zurück. Schlagartig wurde beiden die Situation klar: Er hatte die Chrysantheme – trotz aller eindringlichen Ermahnungen – einer Frau überreicht, für die der Zauber eigentlich nicht gedacht war!

Jedenfalls nahm die Geschichte eine unerwartete Wende. Ob es am Liebeszauber oder am Zauber der Liebe lag – die jungen Leute hatten sich unsterblich ineinander verliebt. Und als sich einige Monate später die Mutter des Bräutigams darüber wunderte, dass der Brautstrauß aus einer einzigen Blume bestehen sollte, lächelte die Oma verschmitzt: „Warum nicht? Diese grüne Chrysantheme ist doch eine wirklich zauberhafte Blume!"

Die geknickte Chrysantheme

„Jetzt scheißen diese hundsföttischen Ketzer auch noch Rosen!" Balthasar hatte den Satz dem älteren Mann vernehmlich laut hinterher gezischt, der mit schlurfenden Schritten an ihm vorbeigegangen war. Auf seine mächtige Hellebarde gestützt, stand der grobschlächtige bayrische Pikenier breitbeinig auf der Dinglinger Schutterbrücke und sah der ausgezehrten hageren Gestalt mit einem verächtlichen Blick nach.

Obschon ihn der kostbar geputzte Hut mit der wippenden Straußenfeder, der die Schultern bedeckende gestärkte weiße Spitzenkragen und der samtgrüne Brokatmantel mit den schweren goldenen Knöpfen als Mann von Stand auswiesen, schenkte der in schwermütige Gedanken versunkene Feldmarschall den unflätigen Derbheiten des anmaßenden Landknechts keine Beachtung.

„Herr Feldmarschall, ihre Exzellenz haben eine Blume verloren!" Mit diesen Worten hatte Balthasars Waffenbruder Johann, ein graubärtiger, mit breitem Degenriemen quer über der mächtigen Brust und einer mannshohen Flinte bewaffneter Musketier, eine unscheinbare, verwelkte

Blume aus dem Straßenschlamm aufgehoben, die dem schwedischen Grafen aus dem Ärmelstulpen gefallen war und sie dem Offizier gereicht.

Der Angesprochene drehte sich langsam Johann zu, erkannte die Blume und sah den Soldaten lange mit einem sonderbar traurigen Blick aus seinen grauen Augen an: „Soldat, er hat mir mein Wichtigstes auf Erden gerettet, ich weiß gar nicht, wie ich ihm dafür danken kann." Wortlos zog er ein schmales Ledersäckchen aus seinem Gürtel und überreichte es dem verdutzten Bayern. „Mehr kann ich ihm leider nicht geben!" Dann wendete sich der Feldmarschall wieder seiner Eskorte zu und war Augenblicke später in der bereitstehenden Kutsche verschwunden.

„Johann, bist Du des Teufels – diesem verdammten Unionisten sein dreckiges Blümchen hinterherzutragen?" Balthasar, ein junger Heißsporn, der wegen seiner aufbrausenden Art im ganzen Haufen gefürchtet war, funkelte seinen Kameraden böse an. „Lass gut sein", erwiderte der Angesprochene beschwichtigend, „den da hat unser Herrgott besonders hart geprüft ..." „Diese schwedische Kanaille? Wenn's nicht um unseren guten Kriegsherren zu tun wäre, sollt' der bis zum jüngsten Tag beim Spanier einsitzen und verrotten!" „Balthasar, versündig' Dich nicht!" mahnte Johann seinen heißblütigen Gefährten, „Du weißt nicht, ob's Dir der Herr nicht einmal vergelten wird ... Ich glaub' gar, dass Du noch nicht einmal weißt, für wen wir unseren 'Schwarzen Hans' wieder zurückbekommen haben. Ich will's Dir aber aufsagen – am liebsten bei einem Feierbier." Mit diesen Worten verließen die Krieger die Brücke und gesellten sich an einen der langen Holztische, die die anderen Soldaten ihres Regiments in aller Eile aus Fässern und Brettern zusammengeschustert hatten.

Um seine im Tausch gegen den schwedischen Feldmarschall wiedergewonnene Freiheit standesgemäß zu feiern, hatte ihr Anführer, Reitergenerals Jan de Werth, den seine Soldaten alle nur den 'Schwarzen Hans' nannten, fässerweise Wein und Bier auffahren lassen. Und die vollen Humpen wurden mit lautem Gejohle und Geschrei ein ums andere Mal geleert, schließlich musste dieser Tag gefeiert werden!

„Da Du erst seit knapp drei Jahren im Felde stehst, kannst Du's nicht wissen: Den Schweden hatten sich die Spanier vor rund acht Jahren nach der Schlacht bei Nördlingen geschnappt." Der ältere Soldat machte eine nachdenkliche Pause, nahm einen tiefen Zug aus seinem Krug und fuhr fort: „Das war ein Blutfest, sag' ich Dir. Mir stand das Schweineblut der Unionisten spann hoch in den Stiefeln, die protestantischen Kutteln hingen wie bunte Seile an meinem Degen und an den an diesem Tag abgeschlachteten Pferden haben wir uns noch im Winter satt gefressen! Fast 4000 dieser Gottesleugner haben wir lebendig gefangen, weitere 17.000 von ihnen erschlagen. 17.000 Ketzer – das wird ein Festtag für Luzifer und die Hölle gewesen sein." Der Alte lachte bitter.

„Und was ist mit dem Schweden geschehen?" Balthasar hatte selbst bereits genügend Schlachten gekämpft, genügend Feinde dahin gemetzelt, genügend Blut und Tod gesehen, er wollte davon nichts mehr hören. Deshalb seine Frage nach dem schwedischen Feldmarschall. „Bei meiner Ehr', das ist eine lange und traurige Geschichte, das mit dem armen Mann!" Johann starrte düster in seinen Bierhumpen. Dann begann er zu erzählen:

„Es war im Sommer 1630, als der schwedische König Gustav Adolf mit seinen ketzerischen Bluthunden in Usedom landete. Zum Tross des Königs gehörte auch Feldmarschall Graf Horn, der seinem roten Regiment bis dahin in Finnland Adolf gedient hatte. Begleitet wurde der Feldmarschall von seiner Ehefrau, der hübschen Tochter des schwedischen Hofkanzlers, eines mächtigen und einflussreichen Beraters des Königs.

Schon wenige Wochen nach ihrer Ankunft erkrankte die Frau des Feldmarschalls an der Pest. Es war ein schauriger Anblick, die junge Mutter schweißgebadet, hohlwangig und von schweren Fieberanfällen gequält im Bett liegen zu sehen, daneben ihre beiden unmündigen kleinen Kinder. Dem Feldmarschall wollte es schier das Herz brechen, er erbat sich vom König Urlaub und übernahm selbst die Pflege seines kranken Weibes. Bereits nach wenigen Wochen verbesserte sich der Zustand der Kranken und sie schien völlig überraschend wieder zu gesunden. Dankbar für diese unerwartete Wendung begab sich Graf Horn ins Hauptquartier des Königs zurück, um seinen militärischen Pflichten wieder nachzukommen.

Umso härter überraschte ihn dort die Nachricht vom plötzlichen Tod seiner Frau, die nur wenige Tage nach seiner Abreise einem Rückfall erlegen war. Weil der Soldat sein Regiment nicht länger führungslos lassen konnte, beauftragte er einen seiner finnischen Offiziere damit, sich um die beiden hinterbliebenen Kinder zu sorgen. Für deren Betreuung hatte er den Finnen mit einem erklecklichen Batzen Geld ausgestattet. Seine Kinder wohl versorgt wähnend, zog Graf Horn in die folgenden Schlachten, in denen er durch Tapferkeit und taktisches Geschick dem König zu einem erfolgreichen Feldzug verhalf.

Indes ereilte ihn ein weiterer furchtbarer Schicksalsschlag. Weil der finnische Offizier das ihm anvertraute Geld mit Weibern und Glücksspiel durchgebracht hatte, sperrte er die kleinen Kinder in einen ausgedienten Schweinestall, wo er sie hungern und frieren ließ. So traktiert, starb der junge Sohn des Feldmarschalls bereits nach wenigen Monaten elendig an Auszehrung. Dem Mädchen gelang es, durch eine mitleidige Magd einen Brief an ihren Vater übermitteln zu lassen, indem sie ihn vom Tod des Bruders und das eigene Martyrium in Kenntnis setzte. Weil sie sonst nichts besaß, hatte das Mädchen ihrem Vater eine gepresste Chrysantheme als Liebesbeweis in den Brief gelegt.

Und das Elend des Feldmarschalls setzte sich fort. Bevor er sich um seine Tochter sorgen und den treulosen Finnen zur Rechenschaft ziehen konnte, fiel er den Spaniern in die Hände. Weil sein Schwiegervater zwischenzeitlich verstorben und er keinen Fürsprecher am Hofe hatte, konnte der hinterlistige Finne einen ihm durch Glücksspielschulden verpflichteten Minister am Hofe König Adolfs dazu bewegen, den Freikauf des gefangenen Feldmarschalls zu hintertreiben.

Und so kam es, dass der arme Graf acht lange Jahre in spanischer Gefangenschaft verbringen musste, ohne Nachricht von seiner Tochter und ohne Möglichkeit, ihr zu helfen. In dieser ganzen langen Zeit waren ihm nur der Brief und die verblasste Chrysantheme als traurige Erinnerung an seine Tochter gegenwärtig. Wäre nicht zufälligerweise unser 'Schwarzer Hans' den welschen Häschern in die Hände gefallen, würde der Schwede noch länger in spanischer Haft verbleiben. Nun aber, und da bin ich mir ziemlich sicher, wird der Feldmarschall nicht ruhen, bis er seine Tochter wieder gefunden und den schurkischen Finnen seiner Strafe zugeführt hat. Ich jedenfalls würde diesem hundsgemeinen Kindsmeuchler auf der Stelle mit dem Reiterhammer das Hirn zerschmettern!

Jetzt siehst du's wohl ein, dass es eine gotteslästerliche Tat gewesen wäre, dem armen Mann noch die letzte Erinnerung an sein Kind, diese armselige, geknickte Chrysantheme zu nehmen. Und weil sein Dank dafür so üppig ausgefallen ist, werden wir zwei heute Abend mit dem besten Branntwein und den hübschesten Weibern den Lohn für unsere christliche Tat genießen."

Die grüne Chrysantheme

Blumen machen Freude, weil sie den Menschen gefallen. Und weil sie – zumal als Geschenk überreicht – dem Beschenkten zeigen, dass er geliebt wird. Dabei gilt die Größe des Bouquets landläufig als zuverlässiger Indikator für das Ausmaß der Herzensregung – oder des schlechten Gewissens. Mit einem Blumenstrauß beginnen Romanzen, Hochzeitsblumen verleihen dem schönsten Tag im Leben der Brautleute liebliche Blickfänge und ein paar Blümchen zum Hochzeitstag zeigen, dass die Liebe noch lange Jahre nach der Heirat frisch geblieben ist. Kurzum: Blumen symbolisieren irdisches Glück! Meistens. Denn bei Anita und Paul N. hat sich die Sache damals anders verhalten.

Natürlich sind das nicht die richtigen Namen der beiden und ihre Geschichte hatte ich als Bub vor vielen Jahren zufällig auf dem Schulweg im Bus aufgeschnappt. Eine ältere Frau vertraute sie ihrer Nachbarin in der Sitzreihe vor mir unter dem Siegel höchster Verschwiegenheit an. Ich hätte von dem Erzählten vermutlich wenig mitbekommen, wären die beiden Damen nicht halb taub und die Lautstärke ihres Gesprächs dessen Inhalt nicht unbedingt angemessen gewesen. So aufregend die Geschichte klang, so sehr ängstigte sie mich.

Verbotenerweise durchstöberte ich zu jener Zeit zuweilen die Kriminalromane meiner Oma und hatte dort gelesen, dass Mörder Mitwisser ihrer Freveltaten „mundtot" zu machen pflegen. Nicht einfach tot, was ja an sich bereits wenig erfreulich gewesen wäre, sondern „mundtot" – etwas, unter dem ich mir wenig vorstellen konnte, von dem ich in kindlicher Unwissenheit jedoch annahm, dass es weitaus schlimmer sein müsse als einfach „tot". Daher hatte ich mich weggeduckt, als die beiden Frauen ausstiegen und keinem Menschen auch nur ein Sterbenswörtchen von der Geschichte weitererzählt – wer will schon, dass er selbst oder seine Freunde „mundtot" gemacht werden?

Jedenfalls sind inzwischen viele Jahre vergangen, Anita und Paul sowie die beiden Frauen aus dem Bus vermutlich längst tot und die alte Ölfabrik, in der die Erzählerin gearbeitet hatte und in der sich die Geschichte zugetragen haben soll, längst abgerissen. Trotzdem spüre ich auch heute noch ein leichtes Grauen, wenn ich an das zurückdenke, was sich damals in unserem beschaulichen Städtchen zugetragen haben soll.

Paul N., genauer: Dr. Paul N., war Chemiker und vor vielen Jahren mit seiner Frau aus Mannheim nach Lahr gezogen, weil ihm eine leitende Stelle in der örtlichen Ölfabrik angeboten worden war. Schnell war der ehemalige Laborant bei BASF zum stellvertretenden Fabrikdirektor aufgestiegen und im Städtchen zu einer angesehenen Persönlichkeit geworden: Ob im Männergesangverein oder Fußballklub – überall begegneten die Menschen dem Herrn Doktor mit der gebotenen Ehrerbietung. Allerdings führten der Herr Doktor und seine Gattin keine glückliche Ehe. Davon berichtete die Zugehfrau ihren Kegelfrauen und deshalb wusste es jeder, der die Familie N. auch nur im Entferntesten kannte – also ganz Lahr. In den achtzehn Jahren ihrer Ehe hatten sich Paul und Anita auseinandergelebt.

Paul war älter geworden, Anita auch. Schließlich hatte sie die beiden Kinder geboren, nicht Paul. Schließlich war sie es, die sich die Nacht um die Ohren schlagen musste, wenn die Kleine mit Mittelohrzündung vor Schmerzen schrie oder die dem Großen bis spät abends bei den Englischvokabeln helfen musste. Schließlich war sie es auch, die die Familienurlaube allein planen, die Pension am Gardasee buchen und die Koffer für die Familie packen musste – um anschließend die Nörgeleien über das miese Frühstück, den dreckigen Pool und die langweilige Hitze über sich ergehen zu lassen.

Wen wundert's also, dass dieses Familienleben einige Pfunde und Falten mit sich gebracht hatten? Obwohl sie sich – was ihr die Freundinnen immer wieder schmeichelnd bestätigten – noch durchaus als attraktive Frau fühlte, führte ihr der Spiegel im Bad jeden Morgen mit unerbittlicher Deutlichkeit vor Augen, dass sie in all den Jahren mit Paul nicht jünger geworden war.

Aber hatte Paul deshalb das Recht, sich mit dieser Daniela einzulassen? Fünfzehn Jahre jünger, seine Sekretärin und seit gut eineinhalb Jahren auch seine Geliebte. Dabei bildet Paul sich ein, dass er dieser dummen Pute als Mann imponieren könne, nicht bloß als vorgesetzter Chef. Lächerlicher Gockel! Die plötzlich zahlreichen Überstunden, die unaufschiebbaren Geschäftsreisen, dazu der neue, sündhaft teure graue Fischgrätenanzug mit der lächerlichen lila Blumenkrawatte – da wäre selbst einem treudoofen Hausmütterchen aufgegangen, was die Stunde geschlagen hat.

Und das war Anita beileibe nicht, hatte sie doch ein um genau 3,75 Punkte besseres Examen als Paul geschafft und nur wegen der Kinder den geliebten Job im chemischen Forschungslabor aufgegeben. Diese grünschnäblige Gans dagegen hatte mit Ach und Krach die Prüfung zur Bürokauffrau bestanden – aber Oberweite 104! Und das zählt für Männer bekanntlich viel mehr als ein Einser-Diplom …

So auch für Herrn Baumann aus der Buchhaltung, der seine Mittagspause Tag für Tag im Großraumbüro allein mit Thermoskanne, Vesperbrot und Zeitung verbrachte. Dessen Begeisterung für Zahlen im Allgemeinen und bei der Damenwelt im Besonderen stellte einen entscheidenden Baustein in Anitas Plan dar, mit dessen Hilfe sie sich des ungeliebten Gatten und der verhassten Nebenbuhlerin freiheits- und gewinnbringend zu entledigen trachtete.

An einem sommerlichen Donnerstag stöckelte sie als Frau Dr. Adelsmann von Gutmann & Co. mit einem riesigen Strauch grüner Chrysanthemen ins verwaiste Büro direkt auf den Schreibtisch des verdutzten Buchhalters zu. Dass der gute Mann die Frau vom Chef, die Frau, die er schon Hunderte Male gesehen, mit der er schon Hunderte

Male gesprochen hatte, nicht erkannte, lag weniger am mächtigen Blumenstrauch, noch der blonden Perücke und der riesigen dunklen Sonnenbrille, die beinahe ihr ganzes Gesicht verdeckten.

Das lag vielmehr an Anitas offenherzig aufgeknöpfter Bluse. Denn als sich die Frau weit nach vorne beugte, um sich nach dem Büro des Dr. N. zu erkundigen, war der verdatterte Mann von den sich ihm bietenden Einblicken derart überwältigt, dass er sich mit hochrotem Kopf an seinem Wurstbrot verschluckte und prustend mit dem Kopf Richtung Direktionsbüro deutete. „Schade, dass Dr. N. nicht persönlich da ist, ich stelle ihm den Blumenstrauß auf den Schreibtisch, er weiß Bescheid!" Als die Besucherin in die angedeutete Richtung weiterstöckelte, verfolgte er den knappen Bleistiftrock mit gierigen Stielaugen. Um ihr nachzugaffen, beugte er sich so weit nach hinten, dass er fast vom Stuhl gekippt wäre. Soweit war Anitas Plan aufgegangen, denn sie konnte sich sicher sein, dass der wackere Buchhalter kaum dazu imstande sein dürfte, später eine brauchbare Personenbeschreibung abzugeben.

Da Anita wusste, dass sich ihr Mann mit seiner Sekretärin zu einem „Privatdiktat" in den kleinen

Konferenzraum zurückgezogen hatte, störte sie niemand in Pauls Büro. Behutsam nahm sie den breitkrempigen Sonnenhut vom Kopf und steckte ihn zusammen mit der langhaarigen Perücke in eine große Plastiktüte. Da hinein wanderten auch die hochhackigen Schuhe und das hellblaue Bolerojäckchen. An der biederen Frau des Chefs, die einige Zeit später durch das zwischenzeitlich wieder geschäftige Bürotreiben die Firmenräume verließ, erinnert nichts mehr an die aufreizende Blondine, die diese Räume vor knapp einer halben Stunde betreten hatte. So hatte sie ihren Auftritt geplant, so sollte ihre Ehe zu einem vergoldeten Ende kommen.

Im Grunde war die Entscheidung dafür bereits vor vielen Monaten gefallen. Wozu taugt ein Mann, der zu Hause nur griesgrämig und maulig vor der Glotze hockt?

Nach dem letzten Urlaub, der wieder ein einziges Fiasko gewesen war, hatte sie an einem der einsamen „Überstunden"-Abenden nüchtern ihre Ehe bilanziert und war zu einem deprimierenden Ergebnis gekommen: Im Grunde war sie bereits seit Jahren die alleinerziehende Mutter von zwei halbwüchsigen Kindern, die zudem für einen misslaunigen Pascha noch kochen, putzen und Wäsche waschen sollte. Und jetzt noch eine deutlich jüngere Nebenbuhlerin dulden, gegen deren jugendlichen Sexappeal sie, die zweifache Mutter, im Wortsinne alt aussah? Sollte das noch jahrelang so weitergehen?

Die Antwort hatte sie sich noch am selben Abend gegeben: Nein! Das Einzige, was sie an Paul noch wirklich anziehend fand, war seine Lebensversicherung. Daher beschloss sie, auf Pauls Ableben nicht mehr bis zu dessen natürlichem Eintreten zu warten: „Was nutzt Dir eine halbe Million, wenn Du bereits im Altersheim vergammelst?" Der Zeiger an Pauls Lebensuhr musste vorgestellt werden, zügig und durch ihre Hand. Wozu war sie diplomierte Chemikerin?

Nach dem Bürobesuch wanderten Perücke und Schuhe dezent verpackt in den Müll, mit Bolerojäckchen und Hut jedoch plante sie eine Überraschung! Zu Hause nahm sie beide aus der Tüte und ging damit in ihr kleines Kellerlabor. Dieses Labor war ursprünglich dazu eingerichtet worden, ihr labortechnische Übungsmöglichkeiten zu ermöglichen, damit sie nach der Kinderphase leichter wieder in ihren Beruf einsteigen könne. Doch inzwischen panschten nur noch die Kinder mit den Chemikalien herum und freuten sich, wenn's stank, rauchte oder krachte. Nun kam ihr das Labor gelegen. Behutsam streifte sie sich die Laborhandschuhe über, zog Jäckchen und Hut aus der Tüte und reinigte beide sorgfältig mit einer speziellen Tinktur.

Auch das beste Kripo-Labor hätte nichts mehr finden können, was sie verraten hätte: keine Fingerabdrücke, keine Hautpartikel, keine Textilfasern – alles weg, alles chemisch sauber. Vorsichtig wickelte sie anschließend Bolero und Hut in Frischhaltefolie und steckte beide in eine unauffällige Tasche.

Am darauffolgenden Tag machte sie sich auf den Weg zur Firma ihres Mannes. Wie erwartet, stand das Cabrio seiner Sekretärin mit offenem Verdeck in der Firmentiefgarage. Kurzentschlossen schnappte sie sich Hut und Bolerojäckchen, wickelte sie aus der Folie und drapierte beide auf dem Beifahrersitz. Da es kurz vor der Mittagspause war, musste die Nebenbuhlerin jeden Augenblick auftauchen. Tatsächlich, da hörte sie das junge Ding auch schon heranstöckeln. Jetzt nichts wie weg. Im Weggehen malte sie sich das glotzende Staunen aus, mit dem diese Pute die Sachen entdecken würde. Und natürlich war das Fräulein dann eitel genug, Hut und Bolero sofort anzuprobieren und sich im Spiegel von allen Seiten zu begaffen.

Wieder zu Hause, dauerte es nicht lange, bis das eintraf, was sie insgeheim bereits früher erwartet hatte: die Kriminalpolizei. Umständlich und verlegen berichtete ein junger Hauptkommissar der „Frau Doktor" – der wackere Kriminalbeamte hatte vermutlich keinen Schimmer davon, dass sie tatsächlich selbst promovierte Chemikerin war – vom völlig überraschenden Dahinscheiden des hochgeschätzten Gatten, eine Botschaft, auf die sie mit einer lange geprobten Verzweiflungsattacke reagierte, was die Verlegenheit des Polizeibeamten spürbar vergrößerte. Deshalb empfahl der sich relativ schnell wieder, froh, der trauernden Witwe nicht länger Rede und Antwort stehen zu müssen.

Als der wackere Kriminaler zwei Tage später wieder vorsprach, war seine Körpersprache eine völlig andere. Vor Stolz berstend, konnte er sich kaum so zurückhalten, wie es der Trauer der hinterlassenen Gattin und Mutter angemessen gewesen wäre. Seine kriminaltechnische Großtat sprudelte förmlich aus ihm heraus: Der arme Verblichene war das Opfer eines perfiden Mordplanes seiner Sekretärin geworden, die ihn mit ei-

nem Strauch vergifteter grüner Chrysantheme –
„Wußten Sie, dass Giftmorde zu 89 Prozent von
Frauen verübt werden?" – gemeuchelt hatte.

Spuren des Gifts in ihrer Schreibtischschublade
samt einem Schreiben, in dem der Dahingeschie-
dene der jungen Frau – er warnte vor: sie, die
Witwe müsse jetzt besonders gefasst bleiben – of-
fenbar seiner Geliebten, einen erheblichen Geld-
betrag aus einer Lebensversicherung in Aussicht
gestellt hatte, ließen keine Zweifel an der Täter-
schaft aufkommen. Zumal ein Zeuge, der Buchhalter der Firma, die Täterin an einem auffälligen
Hut und einem knappen Bolerojäckchen wieder-
erkannte, mittels derer sie sich verkleidet und unter falscher Namensnennung in das Büro des Ver-
storbenen zur Tatverwirklichung eingeschlichen
habe.

Aber ihm, dem versierten Kriminalisten, sei es ge-
lungen, den perfiden Plan zu durchschauen und
Gift, Hut und Bolerojäckchen bei der Verdächti-
gen sicherzustellen. Diese mörderische Kaltblü-
tigkeit ließ die Witwe schluchzend zusammenbre-
chen, woraufhin sich der Beamte zügig empfahl.
Und weil der Herr Hauptkommissar wegen drin-
gender dienstlicher Verhinderungsgründe nicht
an der Beerdigung des geschätzten Ermordeten

hatte teilnehmen können, konnte er nicht beobachten, dass zwischen den vielen prächtigen Kränzen und farbenfrohen Gebinden auch ein schlichter Strauß grüner Chrysanthemen das Grab des Dahingegangenen zierte – was unter Umständen neue Fragen zum Fall aufgeworfen hätte.

Die verkohlte Chrysantheme

Es gibt Fenster mit Meerblick. Es gibt Fenster mit Alpenblick. Und es gibt Fenster mit Hinterhofblick. So ein Fenster hat die enge Altbauküche, die Alex seit drei Jahren bewohnt. Allerdings hat sein Fenster in den letzten Tagen ein wenig Seeblick hinzugewonnen: Die Baugrube an der hinteren Seite des engen u-förmigen Hofes ist im letzten Regen vollgelaufen, ein Radlader komplett abgesoffen und der Erdaushubhügel zum Teil wieder ins Loch zurückgerutscht – ein Hinterhof mit eigener Miniatur-Hochwasserkatastrophe.

Alex ist 25, Dentallaborant und ein Idiot. Das sagt heute nicht nur der knurrige Rentner von nebenan, dem er sonntags zuweilen die Zeitung stibitzt, sondern das sagt er heute selbst über sich. Laut und deutlich. Und immer wieder. Denn heute im Bus hat er SIE getroffen! SIE steigt ein und lächelt ihn an! Was heißt lächeln: Amor und sämtliche Putten tanzen Walzer, der Bus löst sich in IHREN blauen Augen in einem galaktischen Spiralnebel auf!

„Ist da noch frei?", klingt ihre Engelsstimme über den Regenbogen zu ihm herüber. „Jjjja, sselbbbstverschtttändlich – bbbittte sehr!" stottert er zurück. Während sie sich – immer noch lächelnd – neben ihn setzt, krampfen seine verschwitzten Hände den Rucksack, er weiß nicht, wohin seine pochende rote Rübe stecken – und kann doch nur SIE anstarren. Herzklopfende Panik: Was sagen, um jetzt nicht als vollkommener Trottel 'rüberzukommen?

„Ist Ihnen nicht gut?", erkundigt sich der blonde Pagenkopf neugierig und beugt sich noch näher zu ihm hin. Er riecht ihre Haare, spürt ihren warmen Handrücken auf seiner Backe und droht tatsächlich zu kollabieren. „Ich heiße Alex!" Hilft zwar nicht weiter, ist aber das Einzige, was er im Augenblick – beim Blick in diese Augen – zu sagen imstande ist. „Ich Lena" kommt die Antwort leichthin. „Aber mit Dir ist wirklich alles ok?" „Sie – Du – ich weiß nicht – du bist so hübsch – ich mein' nur – Entschuldigung – ich glaub', ich rede – Entschuldigung ..." Lena lacht. „Du bist schon komisch, aber irgendwie süß ... Ich muss jetzt, vielleicht sehen wir uns ja wieder?" Sie strahlt ihn dabei so innig an, dass er am liebsten gleich mitgegangen wäre. Er platzt vor Glück: „Bestimmt! Sofort! ..." Sie lacht im Gehen: „Na, erst muss ich noch zur Arbeit ..."

Dann ist sie draußen, dreht sich nochmals zu ihm hin. Mit der Hand am Ohr gibt sie ihm zu verstehen, dass er sie anrufen solle. Er hebt den Daumen und signalisiert zurück: „Geht in Ordnung, mach' ich!" Die Türe schließt, der Bus fährt an, Lena wirft ihm lachend noch eine Kusshand zu und Alex wird schlagartig klar: „Ich Idiot habe sie nicht nach ihrer Nummer gefragt! SIE getroffen und jetzt keinen Namen, keine Nummer ..." Es folgt unzählige Male das Sch…-Wort. Aber weg ist weg, geblieben ist nur der Idiot.

Der Mann am Tresen des Luxushotels dreht sich lässig zu seiner bildhübschen Nachbarin um: „Darf ich Sie zu einem Drink einladen?" Und noch ehe der blonde Traum geantwortet hat, folgt die Anweisung an den Barkeeper: „Zwei Martini bitte, geschüttelt, nicht gerührt!" Wenige Minuten später hat James Bond zwei Bösewichte mit bloßer Hand gemeuchelt und streichelt der sich nun lustvoll auf einem riesigen Bett räkelnden nackten Schönen den Rücken.

Wie oft er sich diese Filmszene angesehen hat? Solange, bis das Video-Band an dieser Stelle gerissen ist. Immer und immer wieder hat er dann vor dem Badezimmerspiegel heimlich geübt, um Biggi, die kleine Brünette aus dem Haus gegenüber,

86

genauso cool anzusprechen. Doch mit seiner Pickelvisage hätte es selbst James Bond mit seinem geschüttelten Martini nicht geschafft, bei dieser Zahnspangenträgerin zu landen. Zudem hätte es am Kiosk an der Ecke bestenfalls zu einer gemeinsamen Ahoj-Brause gereicht.

Und selbst die hat sich kurze Zeit später erledigt: Erwin, drei Jahre älter als Alex und schon im Besitz eines trötenden Mopeds, hat ihm die inzwischen spangenlose Maid mit Kinokarten, Cola und Hamburgern quasi vor der Haustüre weggeschnappt. Untreues Gör, schnöde Welt! Nein, Alex hatte bei Mädchen schon immer wenig Fortune!

In den kommenden Tagen ist Alex mit Busfahren beschäftigt. Vor der Arbeit, nach der Arbeit – Busfahrt hin, Busfahrt zurück, immer zwischen IHREM Zustieg und IHREM Ausstieg und immer mit einer lila Chrysantheme in der Hand. Den Busfahrern ist er aufgefallen, die Fahrkartenkontrolleure sind erstaunt, ihm an einem einzigen Abend dreimal zu begegnen und schließlich überprüft ihn sogar eine Zivilstreife der Polizei. Das alles ist lästig, kann ihn jedoch nicht davon abhalten, tagelang weiter Fahrgast um Fahrgast genau zu mustern, erfolglos. Nach zwei verzweifelten Wochen gibt er die Busfahrten schließlich auf – nicht jedoch die Hoffnung auf Lena.

Zwischenzeitlich ist der Hinterhof komplett zugemauert. Dem Küchenfenster gegenüber haben sie ein monströses Altenheim hochgezogen. Statt Berg- oder Meerblick nun viel giftgrün verputze Wand und sieben Fenster. Dahinter weiße Pflegebetten und gelbes Neonlicht. Nicht romantisch, passt aber exakt zu seiner inneren Stimmung. Zu seiner inneren Stimmung passt auch die verblasste lila Chrysantheme, die mit traurig hängendem Kopf in einer Sprudelflasche auf der Küchenanrichte vor sich hin trocknet.

Und natürlich passt seine Stimmung zu der Erkältung, die er sich beim Busfahren eingefangen hat. Mit verstopfter Nase und geröteten Augen steht er jetzt in der Küche neben dem Gasherd und wartet darauf, dass das Teewasser endlich kocht. Er lehnt sich an den Kühlschrank und blickt auf den grauen Hinterhof hinunter, der jetzt, ohne eine lichtoffene Seite, noch trister wirkt. Sein Blick wandert über die Fenster des Altenheims und bleibt elektrisiert an einer Pflegeschwester hängen, die gerade einer Patientin das Bett aufschüttelt: LENA.

Hals über Kopf stürmt er in Schlafanzug, Morgenmantel und Hausschlappen los. Völlig außer Puste stolpert er an der verdutzten Empfangsmatrone des Altenheims vorbei, die Treppen hoch, reißt die Türe auf – die falsche –, nächstes Zimmer: Da steht sie, noch immer das Kissen in der Hand und schaut ihn völlig verdutzt an: „Alex?" „Lena!" Er sprudelt los: „Ich habe Dich – hatte Deine Nummer nicht – wohne da drüben, Fenster zum Hof, habe Dich..." Sie guckt zum gegenüberliegenden Haus und lacht: „Apropos Fenster zum Hof: Doch nicht etwa das, aus dem der viele Rauch quillt?"

Die rote Chrysantheme

Eine der schönsten Ecken, die der Besucher im Städtchen Lahr findet, ist der kleine, längst aufgegebene Friedhof neben der Stiftskirche. Diese Stiftskirche, ein schlanker, gotischer Sandsteinbau, wacht mit ihrem hohen Turm auch heute noch über die altehrwürdigen Grabsteine, die sich hinter einer hohen, moosbewachsenen Steinmauer um die Kirche drängen. Mit seinem dröhnenden Geläut beschützt er sie vor dem lauten Treiben der Stadt.

Und wie jede romantische Ecke hat auch dieser Friedhof seine uralten Geheimnisse. Doch wie bei all diesen uralten Geheimnissen kann man heute nur noch schwer sagen, was davon wahr ist, was im Laufe der Jahre dazugedichtet und was vergessen worden ist.

Fest steht jedenfalls, dass es vor vielen, vielen Jahren in einer Ecke des Friedhofs neben all den prächtigen Gedenksteinen ein bescheidenes Erdgrab mit einem grau verwitterten Holzkreuz gegeben hat, auf dem als einziger Schmuck eine rote Chrysantheme lag. Auch wenn die Schrift auf dem Holzkreuz längst vom Regen weggespült war, wussten damals alle Friedhofsbesucher, wer hier beerdigt lag. Es war eine kleine Frau mit mausflinken Augen und früh ergrautem Zopf, die bei ihrer Beerdigung kaum dreißig Jahre alt war. Seit ihrer Jugend hatte sie bei den wohlhabenden Familien in der Stadt als Wäscherin gearbeitet und sich so ein karges Auskommen gesichert.

Obwohl nicht verheiratet, hatte die Frau einen kleinen Sohn – in jener Zeit eine Ungeheuerlichkeit. Natürlich zerrissen sich alle anständigen Weiber der Stadt darüber kräftig die Mäuler. Doch insgeheim argwöhnte so manche der gutbürgerlichen Damen, in deren Haus die Frau Woche für Woche zum Wäschewaschen kam, ob nicht der eigene Mann am Zustandekommen des Knaben seinen Anteil gehabt haben könnte. Schließlich war die Wäscherin eine auffallend hübsche Person. Weil Ehefrauen dafür einen untrüglichen Instinkt haben, war ihnen auch nicht entgangen, wie ihre Männer der Wäscherin nach gafften, wenn sie sich unbeobachtet glaubten: So mancher Blick, den ihr der Herr des Hauses nachschickte, hätte – streng katholisch betrachtet – im Beichtstuhl bereut werden müssen. Aber glücklicherweise waren die Lahrer größtenteils evangelisch und somit vom Beichten befreit.

Dieses Kind war ein dünner Knabe von knapp zehn Jahren, der jeden Nachmittag nach der Schule bei einem Metzger als Botenjunge diente. Damit half er seiner Mutter, das Geld für die Miete aufzubringen. Denn obwohl die beiden nur ein kleines, zugiges Zimmer unter dem staubigen Dach eines Krämerladens bewohnten, wusste die Mutter Woche für Woche kaum, woher sie das Mietgeld nehmen sollte.

So lebten die beiden jahrein, jahraus mehr schlecht als recht, bis die Mutter an einem regnerischen Frühlingsmorgen nicht mehr aus dem Bett kam. Von Fieberkrämpfen geschüttelt, lag sie schweißnass unter ihrer dünnen Decke. Der arme Junge stand hilflos neben der Kranken, die von Zeit zu Zeit schluchzend zusammenzuckte und unverständliche Wortfetzen ins Kissen murmelte. Weil sie kein Geld für den Doktor hatten, stieg der Bube in seiner Not in den Laden hinunter und flehte den Krämer um Hilfe an. Doch der Krämer, ein hartherziger und geldgieriger Mann, antwortete dem Knaben barsch, er sei kein Arzt und jagte ihn aus dem Laden. „Und wenn der Mietzins am Wochenende nicht pünktlich auf dem Tisch liegt, fliegt ihr aus der Stube raus!", rief er dem Kind noch drohend hinterher.

In einem Dorf nicht weit von Lahr lebte auf einem Bauernhof eine Tante, zu der machte sich der Junge auf. Denn diese Schwester der Mutter war jetzt der einzige Mensch, der vielleicht noch helfen konnte. Und so rannte der Bube in der warmen Frühlingssonne so schnell er konnte los. Atemlos und ganz durchgeschwitzt kam er am Hof der Tante an. Doch bis auf eine alte, schwerhörige Magd, die von Hühnern umringt im Hof in der Sonne saß und Kartoffeln schälte, war die ganze Familie zur Arbeit aufs Feld gefahren. Deshalb musste der Junge weiter und die Tante draußen auf dem Feld suchen. Es vergingen Stunden, bis er sie endlich gefunden hatte. Der Bube schilderte ihr weinend den Zustand der Mutter. Die Tante war erschrocken, als sie vom erbärmlichen Zustand der Schwester erfuhr und machte sich sofort auf den Weg zu ihr.

Es war bereits später Nachmittag, als Tante und Neffe in der Stube der Kranken ankamen. In der Stube herrschte eine friedliche Stille, Sonnenstrahlen tanzten lustige Muster auf die grauen Wände und auf dem Dach zwitscherten die Spatzen. Sie kamen zu spät, die Mutter lag zusammengekrümmt und mit halb geöffneten Augen im Bett. Sie war tot.

Bereits am darauffolgenden Tag wurde die Verstorbene schmucklos in einem Armeleutegrab auf dem Friedhof neben der Stiftskirche beigesetzt. Der Junge lebte noch einige Wochen bei der Tante, dann verschwand er und niemand hörte wieder etwas von ihm. Einige sagten, er habe als Schiffsjunge auf einem großen Lastensegler angeheuert, andere erzählten, er sei nach Schweden gezogen und habe dort sein Glück als Schreinergeselle gefunden. Aber wer weiß schon, was von diesen Geschichten nicht erfunden war.

Damit hätte die Geschichte ihr Bewenden haben können, wenn da nicht die rote Chrysantheme gewesen wäre. An einem Spätsommertag fiel die Blume zuerst einer älteren Frau auf, die täglich ans Grab ihres im Jahr zuvor verstorben Gatten zu kommen pflegte. Die rote Chrysantheme leuchtete auf dem lehmigen, kargen Grabhügel am Kopfende des Grabes unterhalb des schlichten Holzkreuzes in der Sonne.

Neugierig geworden, kam die Witwe nun jeden Tag ans Grab. Sie wollte zu gerne wissen, wer der armen Wäscherin die Blume aufs Grab gelegt haben könnte. Doch sie hat nie einen Grabbesucher zu Gesicht bekommen. Und Tag für Tag wurde ihr die Blume unheimlicher. Denn die rote Chrysantheme lag auch noch nach einer Woche derart frisch und blühend da, als sei sie eben erst gepflückt worden.

Schließlich erzählte sie einer Bekannten von der sonderbaren Blume, die dann ihren Freundinnen ebenfalls davon erzählte. Und so kam es, dass Tag für Tag mehr Friedhofsbesucher zum Grab der Waschfrau kamen, um mit leichtem Gruseln die rote Chrysantheme zu bestaunen. Bald machten verschiedene Gerüchte über die Herkunft der Blume die Runde durch die Stadt. Während die einen annahmen, dass die Chrysantheme vom unbekannten Vater des Kindes stammt, glaubten andere, der Krämer habe seine Hartherzigkeit bereut und von Gewissensbissen geplagt, die Blume aufs Grab gelegt. Dritte raunten hinter vorgehaltener Hand von einer alten Hexe, die mit dieser Blume einen Zauber bewirke.

Wirklich unheimlich wurde die rote Chrysantheme den Friedhofsbesuchern jedoch im Winter. Weder Eis noch Schnee schienen der Blume etwas anhaben zu kommen. Und so lag die Blume ohne zu welken viele Monate lang in ihrem strahlenden Rot auf dem tristen Grabhügel. Doch an einem sonnigen Frühlingstag war sie plötzlich weg. Ihr Verschwinden war den Leuten ebenso unerklärlich wie ihr Erscheinen. Und noch viele Jahre später erzählten sie sich mit Schaudern vom traurigen Schicksal der armen Waschfrau und dem Geheimnis der roten Chrysantheme.

Chrysanthemen mit Ahornsirup

An einem schmuddeligen Novembertag betritt ein hagerer älterer Mann das Café „Bolanz" und stopft seinen tropfnassen Schirm energisch in den Garderobenständer. Mit einer schwungvollen Bewegung befördert er den triefenden Hut auf die Hutablage. Anschließend hängt er seinen langen dunkelgrauen Stoffmantel auf einen der stoffbespannten Kleiderbügel und quetscht ihn mühsam in die vollgestopfte Garderobe. Der neue Gast nimmt die beschlagene Brille ab und sieht sich mit flinken Augen neugierig im Café um. Schließlich steuert er entschlossen auf einen der kleinen Tische direkt neben der Kuchentheke zu.

Angekommen, stellt er seine schwarze Aktentasche auf einem leeren Stuhl ab und lässt sich in den dicken Plüsch des Stuhles einsinken. „Noch immer diese weichen Omastuhle ...", murmelt er zufrieden. Er öffnet die Tasche, kramt vorsichtig einen in Zeitungspapier eingeschlagen Strauß gelber Chrysanthemen heraus und legt ihn behutsam auf der marmorierten Steinfläche des Tisches ab. Darauf verschwindet seine rechte Hand wieder ellenbogentief in der Mappe und kramt eine kleine Flasche Ahornsirup ans Tageslicht, die er vorsichtig neben die Blumen stellt.

Behaglich lehnt er sich in seinem Stuhl zurück und wartet auf die Bedienung, die in ihrer adretten weißen Kittelschürze an der Kuchentheke ein Stück Erdbeerkuchen auf einem Teller anrichtet und es einer älteren Dame an einem Tisch direkt an der großen Glasscheibe des Cafés zur Straße hin serviert: Natürlich gibt es im „Bolanz" nur meisterlichen Kuchen, aber die Stücke, die an den Tischen am Fenster serviert werden schmecken einen kleinen Deut vorzüglicher – vielleicht deshalb, weil sie immer etwas größer ausfallen, als die auf den hinteren Tischreihen ...

„Entschuldigen Sie, aber mittwochs ist hier immer die Hölle los ..." Lächelnd tritt die Bedienung an den Tisch des Mannes. „Was darf's sein, der Herr?" Mit routinierter Freundlichkeit zückt sie Block und Kugelschreiber. Weil der Mann zögert, fährt sie aufmunternd fort: „Ich bringe Ihnen unsere Kuchenkarte, da können Sie in Ruhe auswählen. Darf ich Ihnen inzwischen etwas zu trinken bringen?" Der Mann scheint von der Frage überrascht, überlegt kurz und antwortete mit einem breiten englischen Akzent: „Ja, wenn geht, eine Koffi bitte!".

Die junge Frau eilt in die Küche und kommt wenige Augenblicke später mit einem silbernen Tablett an den Tisch zurück. Flink stellt sie ein Kännchen Kaffee, eine leere Tasse, ein zierliches Milchkännchen und einen Zuckerstreuer neben Blumenstrauß und Sirupflasche ab und überreicht dem Gast die in dickes braunes Leder eingebundene Kuchenkarte. „Sie können natürlich auch direkt an der Kuchentheke auswählen ...“ ergänzt sie und wendete sich zum Gehen.

Ohne die Kuchenkarte aufzuschlagen, bestellte der Mann mit breitem Grinsen: „Bitte, kann ick haben ein Stuck 'Schwarzwald Kuken' oder wie heißt das berühmte Torte von die Schwarzwald, wo ist mit viel Schnaps gemacht?“ Die junge Frau muss lachen: „Meinen Sie die 'Schwarzwälder Kirschtorte'?“ „Oh, sorry, naturlik. Habe ick vergessen das Name.“ „Die Schwarzwälder Kirsch ist eine Spezialität unseres Cafés, die wird Ihnen bestimmt schmecken!“, antwortet die Bedienung und eilt zur Kuchentheke hinüber.

Als sie mit einem mächtigen Stück Kirschtorte wieder an den Tisch zurückkommt, leuchten die Augen des Mannes. „Diese Kuken habe ick nikt gegessen seit 30 Jahr. Das ist jetzt Erinnerung was ick kann essen“, lacht der Alte. „Soll ich Ihnen eine Vase für die Blumen bringen?", erkundigt sich die Kellnerin höflich. Der Alte wendet seine Aufmerksamkeit von der Torte dem Blumenstrauß zu. „Nein danke, nikt notig, glaube ick. Aber bitte können Sie für mik schauen, ob Frau Himmelsbach ist da? Ich mökte ihr gerne kurz sprechen ..." Die junge Frau wunderte sich: „Sie wollen Frau Himmelsbach sprechen, die Chefin? Die ist in der Küche beschäftigt, aber ich werde sie holen!" Und mit einem irritierten Staunen macht sie sich auf den Weg.

Diesmal dauert es eine ganze Weile, bis sich die Küchentür öffnete. Der Mann nutzt indes die Wartezeit, um sich mit wohligem Behagen der Torte zu widmen. „Ich bin Monika Himmelsbach, die Inhaberin des 'Bolanz'. Was kann ich für Sie tun?"

Der Mann sieht überrascht von seinem Kuchen auf und betrachtet die Frau ausgiebig, die ungeduldig vor ihm steht. Das ist nicht Anna, dafür ist sie eindeutig zu jung. Und doch sieht sie ihr auffallend ähnlich: Die gleiche geschwungene Nase mit dem schmalen Rücken, die ausdrucksstark geschwungenen Augenbrauen und der schmale Mund mit dem gleichen spöttischen Zug. „Entschuldigen Sie bitte, aber Sie sind nikt

Anna Himmelsbach ..." Die knapp Dreißigjährige lacht: „In der Tat – dafür bin ich doch noch etwas zu jung." Ernster werdend, fährt sie fort: „Anna Himmelsbach war meine Mutter, die ist vor drei Jahren gestorben. Aber wieso fragen Sie nach Ihr?" „Vielleikt setzen Sie hin, das ist eine langere Geschikte ..."

Und der Mann beginnt zu erzählen: Vor beinahe 30 Jahren war er als kanadischer Soldat hier in Lahr auf dem Flugplatz stationiert. Als er an einem Sonntagnachmittag bei einem Stadtbummel mit Kameraden eher zufällig im Café „Bolanz" gelandet war, hatte er sich sofort in die hübsche Bedienung verguckt und wurde von da an Stammgast in diesem Lokal. Nach einigen Monaten ließ sich Anna Himmelsbach – so hieß das hübsche Fräulein – erweichen und sie wurden ein Paar. Es waren für die beiden wunderschöne, unbeschwerte Monate.

Dann kam der Golfkrieg. Alle kanadischen Einheiten in Lahr wurden von einem Tag auf den anderen an den Persischen Golf verlegt. Er und Anna hatte sich zum Abschied versprochen, aufeinander zu warten, zumal alle in der ersten Kriegseuphorie davon ausgegangen waren, dass der Krieg nach wenigen Wochen zu Ende sein werde. Ein Irrtum, wie sich später herausstellen sollte – er saß acht lange Jahre lang im Irak fest. Anfangs hatte er Anna noch jede Woche einen Brief geschrieben – mehr ließ die militärische Nachrichtensperre der Armee nicht zu –, doch nie eine Antwort erhalten.

Schließlich gelangte er zu der bedrückenden Einsicht, dass die zurückgelassene Anna einen anderen Verehrer gefunden haben musste. Geknickt und niedergeschmettert stellte er das weitere Briefeschreiben ein. Es dauerte Jahre, bis er diese jähe Trennung überwinden konnte. Schließlich heiratete er einige Jahre später eine Kameradin aus seiner Einheit. Diese Frau ist vor knapp fünf Jahren gestorben, die Ehe kinderlos geblieben.

Vor einigen Wochen hatten die Ärzte bei einer Routineuntersuchung im Krankenhaus Darmkrebs diagnostiziert. Weil ihm vermutlich nur noch wenige Monate Lebenszeit übrig bleiben, ist er von Kanada aus zu einer „Abschiedstour" durch Europa aufgebrochen. Dabei will er sich unbedingt auch von seiner ehemaligen Geliebten verabschieden, eben jener Anna Himmelsbach aus dem Café „Bolanz". Und weil Anna Chrysanthemen und Ahornsirup so gemocht hat, habe er ihr beides mitgebracht.

Die junge Frau hat den Ausführungen des Mannes gespannt zugehört. „Ich bin ziemlich verwirrt von dem allen, was Sie mir da erzählen. Aber ich glaube, ich kann Ihnen sagen, wie die Geschichte weitergegangen ist." Und die junge Frau beginnt zu erzählen: „Meine Mutter ist diese Anna Himmelsbach, die Sie gekannt haben. Sie hatte damals geglaubt, dass Sie sich einfach aus dem Staub gemacht hätten – aus den Augen, aus dem Sinn. Sie wusste weder wo Sie waren, noch ob oder wann Sie aus dem Krieg je wieder nach Lahr zurückkommen würden. Ja, sie wusste nicht einmal, ob Sie überhaupt noch lebten.

Diese Ungewissheit war für meine Mutter zu der Zeit besonders tragisch: Sie war nämlich schwanger. Sie hatte es Ihnen seinerzeit nicht gesagt, weil sie Sie mit dieser freudigen Botschaft an Ihrem Geburtstag überraschen wollte. Aber dazu ist es dann wegen des Krieges ja nicht mehr gekommen.

Sie können sich kaum vorstellen, was sich die Arme alles anhören musste, wie sich viele die Mäuler über die „Kanadiermetze" zerrissen haben. Als ich ungefähr fünf Jahre alt war, heiratete sie schließlich ihren Chef, den Inhaber des „Bolanz", aus Frau Himmelsbach wurde Frau Bolanz.

Erst viele Jahre später, nach dem Tod meiner Großmutter, stieß meine Mutter auf Ihre Briefe, die die Alte vor ihr versteckt hatte, da sie Sie als Schwiegersohn unbedingt verhindern wollte. Die hatte nämlich Angst davor, dass ihre Tochter mit ihnen nach Kanada ziehen könnte und sie hier alleine zurücklassen könnte. Aber jetzt war ohnehin alles zu spät, meine Mutter verheiratet und Sie irgendwo in der weiten Welt unauffindbar verschollen."

„Wir waren inzwischen auf dem Balkan stationiert, in Mazedonien – dort habe ich rund fünf Jahre verbracht", wirft der Mann ein.

Gedankenverloren fährt die Frau nach einer längeren Pause fort: „Das Ehepaar Bolanz hat eine arbeitsreiche Ehe geführt und mein Stiefvater mich, die uneheliche Tochter seiner Frau, wie sein eigenes Kind aufgenommen – zumal die Ehe kinderlos geblieben war. Seitdem meine Eltern bei einem Autounfall ums Leben gekommen sind, führe ich das „Bolanz" alleine."

Mit einem Ruck wendet sie sich ihrem Gegenüber zu: „Es ist wohl so, dass Sie, ... dass Du mein Vater bist. Entschuldige, aber das kommt jetzt doch ziemlich überraschend ..." Sie beginnt leise zu weinen. „Ich weiß nicht, wie oft ich mir ausgemalt habe, wie es wäre, wenn mein leiblicher Vater plötzlich vor mir stünde. Wie oft habe ich mich im Spiegel angesehen und gerätselt habe, ob ich die Lippen, die Haare, die Ohren von ihm hätte – ich hatte ja keine Ahnung, wie er aussah. Und jetzt sitzen Sie, Entschuldigung, sitzt Du mir hier einfach so gegenüber ...“

Der Mann rührt schweigend in seinem Kaffee und mustert seine Tochter. „Du weißt nikt, wie sehr ick mich ein Kind gewunscht habe ... Meine Frau ist im Krieg angeschossen worden und konnte keine Kinder bekommen. Und all die Jahre war ick Vater, ohne das ick das weiß ... Jetzt habe ick eine Kind und nur nok wenige Tage zu leben. Verdammt, Life is not fair, das ist nikt fair, ... nikt fair ...“ Lange Zeit sitzen sich Vater und Tochter wortlos gegenüber. Unvermittelt fragt der Mann, ob sie Mann und Kinder habe. Keinen Mann, keine Kinder, nur einen Freund, die knappe Antwort. Dann wieder grüblerisches Schweigen. Mit einem Blick auf die Uhr unterbricht der Mann die Stille. „Sorry, ick muss weiter, meine Zug fahrt. Willst Du für mik die Blumen auf Grab von Anna legen? Das ist für mik sehr wiktig!“

Dann steht er auf, umarmt die Frau lange und zieht Mantel und Hut wieder an. „Ick gehe jetzt und wir werden uns nikt mehr wiedersehen. Ick will nikt, dass Du mir bei Sterben zusehen wirst. Aber glaube mir, ick werde leichter sterben, weil ick weiß jetzt, dass ick Dik als Tochter habe." Mit diesen Worten fasst er mit beiden Händen den Kopf der Frau und drückt ihr einen Kuss auf die Stirn. Mit einer jähen Drehung verlässt er das Café.

Zwei Wochen später erhält Monika Himmelsbach Post aus Kanada. Ihr Vater ist gestorben und hat ihr sein nicht unbeträchtliches Vermögen vermacht. Mit dem Geld kann sich die junge Frau ihren sehnlichsten Wunsch erfüllen: Sie verkauft das Café „Bolanz" und erwirbt ein kleines Hotel auf den Malediven, der Insel ihrer Träume. Und immer, wenn sich Hotelgäste verwundert nach der kleinen Flasche Ahornsirup auf dem Kaminsims erkundigen, erhalten sie lächelnd die verstörende Auskunft: „In dieser Flasche bewahre ich die Liebe meiner Eltern auf!"

Die braun gefleckte Chrysantheme

Wenn sie über ihre persönliche Glücks- oder Unglücksfälle erzählen, haben mir Menschen immer wieder berichtet, dass das Schicksal wie ein greller Sonnenstrahl oder wie ein unergründliches schwarzes Loch in ihr Leben hereingebrochen sei. Mir selbst ist bislang nur einmal schicksalhaftes Unglück und schicksalhaftes Glück zuteilgeworden. Diese schicksalhaften Ereignisse bleiben für mich untrennbar mit dem Bild einer braun gefleckten Chrysantheme verbunden. Damit Sie verstehen, was ich meine, werde ich Ihnen meine kleine Geschichte erzählen.

Das alles ist heute schon so lange her, dass es fast nicht mehr wahr ist. Trotzdem hat mir das, was ich Ihnen hier erzähle, in all den Jahren einiges traurige Grübeln bereitet – und mich mit meiner Frau zusammengebracht. Die Geschichte ereignete sich kurz vor Kriegsende in dem kleinen Schwarzwaldstädtchen Lahr und endete für drei junge Männer mit dem Tod. Aber am besten schildere ich die Ereignisse von damals einfach der Reihe nach.

Ich war im Sommer 1944 an der Westfront angeschossen worden – ein glatter Durchschuss im Oberschenkel, einige Kameraden witzelten augenzwinkernd von einem Heimatschuss – und in einem Militärhospital im Schwarzwald kuriert worden. Da meine alte Einheit zwischenzeitlich zum größten Teil aufgerieben worden war, steckte man mich, kaum wieder feldtauglich geschrieben, zur Feldgendarmerie.

Diese Einheit, ein zusammengewürfelter Haufen aus versprengten Resten längst ausgelöschter Einheiten und Rekonvaleszenten wie mir, war in Offenburg stationiert. Kaum wieder leidlich zusammengeflickt, sollten wir unsere Knochen erneut für Volk und Vaterland der feindlichen Übermacht heldenhaft entgegenstemmen. Selbstredend war die Begeisterung für Krieg und Führer bei den Soldaten dieser Kompanie wenig stark ausgeprägt – zumal die Franzosen und Amerikaner bereits in Sichtweite am Rhein standen und sich ihre Jagdbomber täglich über unseren Köpfen nach Belieben austobten.

Nur unser Zugführer, ein fanatischer Parteigenosse und studierter Jurist, war noch vom Endsieg überzeugt. Vielleicht lag dieses verquere Weltbild an seinen fehlenden Fronterfahrungen – jedem

Soldaten, der die Ausrüstung, oder, besser, die Nichtausrüstung der kämpfenden Truppe auf dem Schlachtfeld erlebt hatte, war klar, wie dieser Krieg enden würde. Vielleicht mangelte es ihm auch nur an einer Prise gesunden Menschenverstands – was bei Juristen bekanntlich keine Seltenheit ist. Darüber hinaus fühlte er sich vom Führer persönlich dazu berufen, aus uns eine Eliteeinheit der Wehrmacht zu formen.

Jedenfalls hatte der Herr Unterscharführer Heinz Hollmann das unstillbare Bedürfnis, uns und dem Führer seine Tapferkeit unter Beweis zu stellen. Da unsere ganze militärische Aufgabe darin bestand, einen Teil des Offenburger Bahnhofs für Militärtransporte freizuhalten und zu verhindern, dass sich Zivilisten heimlich in die Züge schlichen, gab es für den Herren Unterscharführer kaum Gelegenheit, sich als mutig auszeichnen zu können. Den wenigen armseligen Gestalten, die sich mit den Resten ihrer ausgebombten Habe in die Nähe des Absperrzaunes wagten, raubten bereits der Glanz seiner gewichsten Stiefel und seine bellenden Befehle jede Hoffnung darauf, je auf einem der Waggons Richtung Heimat zu gelangen. Auch wenn Unterscharführer Hollmann durch sein Auftreten und sein herrisches Gehabe uns, die wir noch halbe Kinder waren, zu imponieren wusste, so hatten wir doch schnell bemerkt, dass dieser herrischen Herrlichkeit Grenzen gesetzt waren. Die Gefreiten Hans Bellgardt und Jörg Thelen, beide bereits Mitte der Dreißiger und zufällig aus demselben Dorf irgendwo bei Grevenbroich stammend, waren so etwas wie die heimlichen Bosse unseres Zuges.

Beide hatten jahrelang in Russland gekämpft, beide waren mehrfach verwundet und dafür mit einigem Lametta dekoriert worden, das sie allerdings nur zur Paradeuniform anlegten. Hollmann war einerseits neidisch auf diese beiden, da sie jene Heldentaten verrichtet hatten, von denen er nur immer schwadronieren konnte.

Andererseits ahnte jedermann im Zug, dass die beiden schon einige Menschen eigenhändig getötet hatten. Unter anderem wurde hinter vorgehaltener Hand berichtet, dass die beiden einen russischen Vorposten bei einem nächtlichen Überfall im Handstreich genommen und dabei sieben russische Soldaten mit dem Kampfmesser abgeschlachtet hatten – mir wird heute noch übel, wenn ich mir dieses Gemetzel vorstelle. Jedenfalls war jedem von uns klar, dass mit den beiden – wir nannten sie heimlich und ehrfurchtsvoll nur die »Ivantöter« – nicht gut Kirschen essen war. Und Unterscharführer Heinz Hollmann wusste das auch. Einmal hatte er einen der beiden in seiner herrischen Manier angeblafft und dieser ihm ganz ruhig mit einem „Nein" den Befehl verweigert. Außer sich vor Wut, kreischte Hollmann den Gefreiten an: „Sie führen diesen Befehl jetzt sofort aus, sonst ...", als dieser einen Schritt auf Hollmann zu machte, ihm in die Augen sah und gedehnt wiederholte: „...sonst?"

Da der Gefreiten mit dem Rücken zu uns stand, konnten wir sein Gesicht nicht erkennen. Dafür sahen wir um so deutlicher, wie Hollmann erbleichte und angstschlotternd murmelte: „... nichts sonst, Entschuldigung!" Seit diesem Zwischenfall war Hollmann trotz all seines Heldenmutes sehr darauf bedacht, keinen der beiden zu reizen.

Dieser Vorfall hatte sich kurz vor Weihnachten zugetragen. Es kam der Frühling und es kamen die Franzosen. Am 15. April 1945 nahmen sie Offenburg ein und unser Zug hatte sich einer bewaffneten Panzergrenadier-Kompanie angeschlossen, die sich auf den Lahrer Schutterlindenberg zurückgezogen hatte. Weil wir keine Kampfeinheit waren und weil der Mut unseres Unterscharführers angesichts französischer Panzer und amerikanischer Bomber doch erheblich geringer war als auf dem Offenburger Bahnhof, hatten wir unser Biwak ein ganzes Stück nach hinten verlegt – wir lagerten am Altvater.

Am nächsten Morgen stolperten drei verwahrloste Gestalten ins Lager – ältere Volkssturmleute aus Rheinfelden, die vermutlich ihren Frieden mit dem Feind gemacht hatten und nur noch nach Hause wollten. Sie erklärten, dass sie als die einzigen Überlebenden ihrer Kompanie und auf dem Weg zurück in ihre Kaserne seien. Wer hätte in diesen Tagen, als alles im Chaos zusammenbrach, zu sagen gewusst, ob das stimmte oder nicht?

Unterscharführer Heinz Hollmann jedenfalls war außer sich vor Wut über die drei „desertierenden Vaterlandsverräter". Als ranghöchster Offizier und Angehöriger der Feldgendarmerie verurteilte er das Trio auf der Stelle wegen Fahnenflucht zum Tod durch Erschießen. Ich wurde damit beauftragt, den Vorfall zu protokollieren, die beiden Russlandkämpfer hatten mit einem Kopfschütteln ihre Teilnahme abgesagt, der restliche Zug musste antreten, die drei armen Kerle standrechtlich erschießen und dann im Wald verscharren.

Als ich die Habseligkeiten der drei Unglücklichen fürs Protokoll durchsuchte, fiel aus einem der Soldbücher das Foto eines auffallend hübschen blonden Mädchens samt einer gepressten Chrysantheme. Die vormals orange Blüte war nur noch rissig und vergilbt. Auf die Rückseite des Bildes war mit einer geschwungenen Handschrift eine Adresse eingetragen – eine Adresse in meiner Heimatstadt Köln. Weil ich mich spontan entschloss, Bild und Blume bei meinem nächsten Heimaturlaub persönlich bei dem Mädchen abzugeben, verstaute ich beides sorgsam in meinem Soldbuch.

Tage später war der Krieg aus. Wir kamen einige Monate in ein französisches Gefangenenlager im Elsass und wurden bald darauf entlassen. Meine Heimatstadt war kaum wiederzuerkennen – ein backsteinernes Ruinenmeer, vom rußigen Dom überragt. Trotzdem machte ich mich zu der Adresse auf der Bildrückseite auf, um Bild und Blume zu übergeben. Im Keller der Ruine traf ich das Mädchen auf dem Bild und schilderte ihm die Umstände, unter denen es in meine Hände geraten war. Das Mädchen erklärte mir bestürzt, dass Foto und Blume für die Familie des Erschossenen bestimmt gewesen seien. Da sie im Zuge der Landverschickung eine sorgenfreie Zeit im Schwarzwald verbracht hatte, habe sie sich auf diesem Wege bei der Familie mit einer Einladung nach Köln bedanken wollen.

Es gab weitere Besuche, Gegenbesuche und im darauffolgenden Jahr eine Hochzeit. Das Mädchen und ich sind nunmehr seit vielen Jahren verheiratet, die Witwe des Erschossenen, die wir im Sommerurlaub regelmäßig besuchten, ist voriges Jahr verstorben und Unterscharführer Heinz Hollmann zum Richter am Oberlandesgericht ernannt worden.

Aber, wie gesagt: Ich selbst habe bislang in meinem Leben nur einmal schicksalhaftes Unglück und einmal schicksalhaftes Glück erlebt, wobei diese beiden schicksalhaften Ereignisse für mich untrennbar mit einem vergilbten Foto und einer braungefleckten Chrysantheme verbunden bleiben.

Die japanische Chrysantheme

Nach so vielen Geschichten rund um Lahr und die Chrysantheme, möchte ich zum Schluss noch von einem Erlebnis berichten, das mir selbst auf der Chrysanthema, dieser großartigen Lahrer Blumenschau, widerfahren ist.

Da ich kein großer Freund gigantischer Menschenmassen bin, versuche ich, die prächtigen Blumengestecke und fantastischen Kreationen, mit denen die Lahrer Stadtgärtner sich Jahr für Jahr selbst übertreffen, möglichst ungestört alleine und in aller Ruhe zu genießen. Daher sehe ich mich immer erst dann auf der Chrysanthema um, wenn die vielen Reisebusse längst wieder davon gebraust sind und die Lahrer daheim am warmen Ofen hocken.

Und so kommt es, dass ich an einem eisigen, trüben Montag allein auf dem menschenleeren Sonnenplatz stehe. Die Dämmerung beginnt sich sachte durch die leeren Straßen auszubreiten, und ich bin so in die bunte Blütenpracht vertieft, dass ich zunächst nicht bemerke, dass ich angesprochen werde. „Please, Foto, please" höre ich eine kichernde Stimme in meinem Rücken. Ich drehe mich überrascht um und sehe eine zierliche Asiatin, die mir mit schüchternem Lächeln ihre Fotokamera entgegenstreckt. Weil ich die junge Dame wohl etwas begriffsstutzig anstarre habe, wiederholt sie freundlich: „Honeymoon, Foto, please ..."

Nun sind meine Fotokünste – insbesondere bei automatischen Kameras, bei denen nur noch der Auslöser gedrückt werden muss, weil sich alles andere von selbst einstellt – erheblich besser als meine Englisch-Kenntnisse. Um bei der Wahrheit zu bleiben: Ganze neun Jahre Schulunterricht sind an mir vorbeigegangen, ohne nennenswerte Spuren englischer Sprachkenntnisse hinterlassen zu haben. Mein Schulenglisch reicht bestenfalls zu einem hilflosen Radebrechen und endet nicht selten in peinlichen Missverständnissen. Aus Schaden klug geworden, misstraue ich daher meinen Englischkenntnissen. Immerhin kann mir die Dame nach einigem Hin und Her klarmachen, dass sie „Kiku" heiße, was auf Japanisch „Chrysantheme" bedeutet.

Als sie mir jedoch erzählt, sie sei allein auf Hochzeitsreise, schiebe ich das auf meine mangelnden Sprachkenntnisse. Dass ein Paar heiratet und die Braut anschließend allein auf Hochzeitsreise fährt, will mir nicht in den Kopf. Noch absurder die Wahl ihres künftigen Gatten: Madame Kiku versichert mir wiederholt, sie habe sich selbst geheiratet. Jetzt wird mir die Sache unheimlich und ich verabschiedete mich Hals über Kopf von Frau Kiku, ihrer Hochzeit und leider auch den Chrysanthemen.

Als ich Tage später einem welt- und zufälligerweise auch japanerfahrenen Bekannten von diesem sonderbaren Zwischenfall berichte, zuckte der nur beiläufig die Schultern: „Ja, das gibt's in Japan jetzt immer häufiger, dass junge Frauen sich selbst heiraten. Die wollen keinen Mann, träumen aber von einer pompösen Hochzeit mit Kutsche, spektakulären Hochzeitsfotos und prächtigem Hochzeitsball. Dafür greifen die ganz schön tief in die Tasche!" Sich selbst heiraten? Ich bin völlig perplex. „Schockt Dich das? Ich finde, sich selbst zu ehelichen hat was – ist irgendwie richtig abgedreht ..."

Daheim im lauschigen Sessel geht mir diese japanische Selbsthochzeit nicht aus dem Kopf. Und: Je länger ich darüber nachdenke, desto mehr kann ich mich für diese Idee begeistern. Schließlich – das werden mir viele Eheveteranen bereitwillig bestätigen – spricht einiges dafür, sich das

Eheleben nicht durch irgendwelche angeheirateten fremden Menschen vermiesen zu lassen.

Es beginnt bereits mit dem gemeinsamen Familiennamen: Mein Name, dein Name – für die Brautleute Kiku kein Problem. Vieles von dem, was im gewöhnlichen Ehealltag für Unfrieden sorgt, löst sich hier quasi von alleine: Fußball oder Liebeskitsch – Ehepaar Kiku liebt dieselben Fernsehsendungen. Schweinsbraten oder Tofu – beide Kikus begeistern sich für Hähnchenkeule zum Reis.

Den gemeinsamen Kleiderschrank teilen sich die Kikus schiedlich-friedlich: Ihr Lieblingskleid ist auch seines, seine Lieblingsjeans auch die ihre – in den Schrank wandert nichts, was nicht beiden gleich gut gefiele. Hitzige Diskussionen? Gibt es keine, beide Kikus sind immer derselben Meinung. Kein vom trödelnden Ehepartner besetztes Bad am Morgen und die Hausarbeit immer gerecht aufgeteilt, weil jeder der beiden ganz genau gleich viel beisteuert. Auch Eifersucht kommt keine auf, da beide Eheleute Kiku stets wissen, wo und mit wem sich der andere gerade nächtens herumtreibt. Selbst das leidige Problem „Schwiegermutter" kennen die Kikus nur vom Hörensagen!

Aber auf eine Frage habe ich keine Antwort gefunden: Sollte je ein Mann im Kikus Leben auftauchen – begeht der dann Ehebruch oder Biga-
mie?

Weitere Bücher des Autors:

Der Cocktail
Geschichten über die Liebe
und den Sinn des Lebens

Ist sie die Liebe oder das Glück meines Lebens? Bringt mir die
Sieben Glück in der Liebe? Kann eine Zugverspätung mein Leben
verändern? Es sind die ewigen Themen menschlicher Existenz,
die der Autor in seinen spannenden, nachdenklichen und hinter-
sinnigen Geschichten unter philosophischen und gesellschaftlichen
Aspekten mit einem humoristischen Augenzwinkern erzählt. Ob
Elternrolle oder Midlife-Crisis, Ichfindung oder Beziehungspro-
bleme – die Themenvielfalt dieses Buches ist so bunt wie das Leben selbst: ein Kaleidoskop menschlichen Seins.

ISBN 978-3-7448-3158-1

(Preis: 9,99 €, im Buchhandel oder auf www.amazon.de)

Frauenhimmel & Männerhölle
Heitere Glossen

Ob beim Einkaufen, im Badezimmer oder auf der Maiwanderung:
Männer und Frauen stammen bekanntlich von recht unterschiedli-
chen Planeten und leben daher in völlig verschiedenen Paralleluni-
versen nebeneinander her. Zu welchen Zwischenfällen das Aufein-
anderprallen dieser Welten führen kann, zeigen diese humorvollen
Episoden aus dem Alltag.

ISBN 9783848264230

(Preis: 9,99 €, im Buchhandel oder auf www.amazon.de)

Peter Winter

DER WALHAI AUF DEM KIRCHENDACH

Gedichte

BoD

Der Walhai auf dem Kirchendach
Gedichte

Wer bin ich, wenn ich sage: „Ich"?

Und: Mein' ich damit wirklich mich?

Wie, wenn ein anderer ich wär':

Ich sagte „Ich", wär' aber – er!

Mit streitbarem Spott, Sprachwitz und satirischem Eifer bereimt der Walhai als dichterischer Mahner von seinem Kirchendach aus Heiteres und Hintergründiges aus unser aller Alltag.

ISBN 978-3734773082

(Preis: 9,99 €, im Buchhandel oder auf www.amazon.de)

Peter Winter

ZWERGENGROSS

Heitere Lebensweisheiten
und Aphorismen

Zwergengross
Heitere Lebensweisheiten und Aphorismen

*"Die wenigsten Menschen wollen wirklich fehlerlos sein - aber fast alle
wollen dafür gehalten werden. "*

Knapp. knapper - Aphorismus:. Kurz, einprägsam und immer mit
einer überraschenden Wende, bieten diese kleinen kurzweiligen
Miniaturen ein besonderes Lesevergnügen.

ISBN 978-3734772276

(Preis: 9,99 €, im Buchhandel oder auf www.amazon.de)